文学新观赏 青少年读写范典丛书

那落满手指的目光

高长梅 王培静 主编

宋子平 著

花山文艺出版社

图书在版编目（CIP）数据

那落满手指的目光／宋子平著.—石家庄：花山文艺出版社，2013.6（2021.6重印）

（"读·品·悟"文学新观赏·青少年读写范典丛书）

ISBN 978-7-5511-1031-0

Ⅰ.①那… Ⅱ.①宋… Ⅲ.①小小说—小说集—中国—当代②散文集—中国—当代 Ⅳ.①I217.2

中国版本图书馆CIP数据核字(2013)第112160号

丛　书　名：	文学新观赏·青少年读写范典丛书
主　　编：	高长梅　王培静
书　　名：	**那落满手指的目光**
作　　者：	宋子平

策　　划：	张采鑫
责任编辑：	郝卫国
责任校对：	齐　欣
特约编辑：	李文生
全案设计：	北京九洲鼎图书有限公司
出版发行：	花山文艺出版社（邮政编码：050061）
	（河北省石家庄市友谊北大街330号）
销售热线：	0311-88643221
传　　真：	0311-88643234
印　　刷：	永清县晔盛亚胶印有限公司
经　　销：	新华书店
开　　本：	710×1000　1/16
字　　数：	165千字
印　　张：	11.5
版　　次：	2013年7月第1版
	2021年6月第2次印刷
书　　号：	ISBN 978-7-5511-1031-0
定　　价：	36.00元

（版权所有　翻印必究·印装有误　负责调换）

读，是为了更好地写

高长梅

阅读的目的是长见识，是提升自己的文化素养。这是"读"的基本意义。

很多时候，我们的阅读也无任何的目的，就是为了消遣，为了解闷，为了打发时光。其实，这是"读"的另一种境界。

但对学生乃至爱好写作的人而言，"读"还是为了"写"，即人们常说的"读写结合"。这，却是大有讲究的。

"读什么"，"怎么读"，"读"如何促进"写"，这个问题困扰人们少说也有两千多年了。外国不言，单说我国自《诗经》始，《四书五经》到《千家诗》《古文观止》《唐诗三百首》，哪一个的"读"不涉及后人的"写"？"熟读唐诗三百首，不会作诗也会吟"就说明了"读"和"写"的朴素关系。

"读"于"写"的第一点，当是语言的积累。对绝大多数人而言，"会说"也"能说"几乎是与生俱来的，但这些不一定就是我们写作的语言。即使你"会说"、"能说"，但不一定能准确表述你的想法，你的所见所闻；尤其是不一定能用丰富的、生动的、形象的语言或简洁的、凝练的、科学的语言来描述人或事物或观点。写作当如建房，没有各式各样的语料积累，其结果可想而知。巧妇难为无米之炊，再牛的能工巧匠没有基本的建筑材料他也盖不起房子来。但语言积累，不是简单的语言记忆，要内化为自己的，要在自己的胸中发酵，要让它带上自己的思想、情感。这样，在写作运用时，就不会是简单的模仿甚至抄袭。即使是原句引用，也会与你的文章融为一体，恰到好处。初学写作者，常常苦恼自己词汇少，不能准确表述自己的思想;或苦恼自己写得干巴巴的,没血没肉;或苦恼自己虽写得字通句顺,却不像别人写的那样摇曳多姿;等等。多积累语言,是根治这种"疾病"的唯一药方。因此,我们在"读"时,就要看别人是怎么用字、怎么用词、怎么用句……来描写、叙述、来情、议论的。

  "读"于"写"的第二点,当是技巧的化用。"我手写我心",看似简单轻松,看似随意,但正如建房,砖头、瓦块、木料等都摆在了你的面前,却不是任何人都建得了房的,你得有建房的技能。写作也是一样,你得掌握一定的技巧。人物怎么描写,事件怎么叙述,情感如何抒发,道理如何论证,等等,你得掌握其基本的方法,然后才能"心到手到",写出一篇像样的文章。我们要像建房者,先做"小工",看人家是如何砌墙、如何粉刷的;然后做"匠人",亲自实践,在模仿中掌握其方法,逐渐为我所用;"匠人"做多了,熟练了,就成了"师傅"。"师傅"一级,技巧娴熟,房建得漂亮。而用心的"师傅"爱钻研,爱琢磨,结合他人的方法创造出更好的新方法,他就成了"建筑师"。写作同理。我们不少阅读者,语言的积累比较重视,但琢磨人家写作技巧的不多,所以文学爱好者不少,但成为作家的就少多了,原因大概与这有一定的关系。因此,我们在"读"时,就要看别人是如何选择材料、如何谋篇布局、如何安排结构、如何运用表达方式、如何布置情节……看他们如何安排重点、如何把人物写活、件、如何条分缕析丝丝入扣、如何巧妙起承转合……

  "读"于"写"的第三点,当是思想的融合。有了语言的积累,也掌握了一定的技巧,文章也写得是这么一回事了。但你的文章仅仅止于此,那也不过如同一栋能住人的房子而已。一篇文章品质的高低,除了语言的准确、生动、丰富、优美、灵动……除了构思的奇巧、结构的多元、情节的波澜、布局的精妙、手法的多变……是否有思想就显得格外重要。我们常说,这篇文章语言优美,构思巧妙,但立意不高。我们还常说,这篇文章不仅语言优美,构思巧妙,而且立意高,有思想。一篇仅靠语言打扮的文章,就好比一个俗人涂脂抹粉;一篇仅靠卖弄技巧和语言的文章,就像一个没有灵魂的美人卖弄风骚而已。语言可以记忆,技巧可以模仿,但思想要靠领悟,要融入作品之中去反复地阅读,要从深层次去寻找作者的精神。有的人的文章写得很美,技巧也妙,但就是没有深度,没有思想,没有灵魂,没有底蕴,往往就事论事,往往只是当复印机,复制了场景,复制了人物,复制了事件,但都是没有活力,没有生气,没有精神的。在阅读中提升自己的思想,的确常被我们忽视。思想靠别人的潜移默化来,精神也靠别人的影响而来。我们常听说在阅读中提升了自己,净化了自己,受了一次洗礼似的教育,等等,大约就是指这些吧。所以,我们在"读"时要琢磨别人是如何通过人物的描写表现人物的思想、精神,琢磨别人如何通过将一般人眼中的小事、凡事写出其社会价值,琢磨别人如何从一滴露珠看出太阳的光芒……如何选择语言材料最准确、最鲜明地表达出思想内容而非干巴巴贴标签,如何通过景、人、物悟出其蕴含的道理而非故弄玄虚牵强附会……

"读"于"写"的第四点,当是情感的交融。文章当有情,无论你是否抒了情,情就不自觉地流出了你的笔端。阅读中,我们除汲取作者的语言养料、技巧养料、思想养料外,还要品味、感受作者的"情"。与作者同悲,与作者人物同喜,置于作者笔下的优美环境而赏心悦目,等等。这就是受作者之"情"的"滋润"。文章是否感人,除了语言、思想外,有无"真情"很重要。朱自清的《背影》靠的是"情"的打动,鲁迅的《记念刘和珍君》这篇"血写的文章"其实靠的也是"情"的喷发。一篇只有华丽的语言而无思想的文章犹如没有灵魂的躯壳;一篇即使有非凡高度思想而无情感的文章也不过是一具可能具有文物考古价值的木乃伊。但"情"在文中的宣泄如何把握,这也是我们在阅读中要学习的。这也是我们常犯的错误。写作中我们或无病呻吟虚假瘆人,或情溢滥觞叫人发腻。让"情"如何恰到好处,非向好文章学习不可。这样,我们在"读"时,就要仔细琢磨别人是如何选择写作语言表达出作者的喜怒哀乐之情,如何传递作者人物的喜悦、哀思、忧怨、恋情,或深、或浅、或缠绵、或热烈,或似小溪的舒缓、或似大海的波涛、或似斗室之花的温柔、或似山野之花的奔放……看作者如何褒贬对象,看作者如何措辞达意致情,看作者如何巧借人、事、景、物以寄寓情感……

"读"于"写"的第五点,当是风格的鉴赏。所谓风格,它是一个作家成熟的标志,是作者在文章(文学作品)中表现出来的艺术特色和创作个性。我们鉴赏其风格,主要是学习他如何创造和完善文章(作品)的风格,也就是看作者在处理题材、驾驭体裁、描写形象、表现手法、运用语言等方面各有什么特色,最终形成了怎样的风格。这些风格,最后成了一个作家个性化的标志。当然,这是"读"的高要求了。琢磨多了,实践多了,很多写作者也形成了类似的风格,便也融入了原作者的风格之中,也就形成了"派"。比如"荷花淀派"、"山药蛋派"、"读者体"、"知音体",等等。当然,也不能简单模仿,也要适时变化,否则当年散文必"杨朔式"、小说必"欧·亨利式"的文学闹剧就会重演。

习作者若能此,写出好文章就有可能了。

弄明白了这些,还有一个重要的问题是选择什么样的读物。读名著,当然好。但很多名著由于作者所生活的时代不同,社会环境不同,或阅读者的阅历不够,文化积累不够,不一定读得懂,更不用说借鉴于自己的写作了。

基于此,我们推出了这套《文学新观赏·青少年读写范典丛书》。这些作品,不是名著,但是属于好作品;没写重大题材,但大都真实反映了社会生活的变迁,人们精神面貌的焕然一新;没有高深莫测的技巧,但或平实、或奇巧、或清新可人、或浓郁奔放,更适合青少年读者学习、借鉴。

第一辑 谁是英雄

悬挂 /2
猎 /5
斗智 /7
谁是英雄 /10
红尘 /14
制造悬念 /17
卖口儿 /20
风水 /23
那落满手指的目光 /26
何娘子 /29

第二辑 行走

盛开的紫藤萝 /34
行走 /37
画家王遂和准画家吴东 /39
傻柱子的世界 /43
城市多了一个人 /46
线珠儿 /48
大头 /52
光阴 /57

第三辑 香蒲、残荷、秋水

一个人的寺院 /62
运河在这里转了个弯儿 /65
梦幻周庄 /68
这一方水土 /73
晚秋 /77
听落叶飘零的声音 /79
香蒲、残荷、秋水 /81
草原、树林和我梦中的大帐篷 /86
活一个老头儿不容易 /89

第四辑 一榻月光

没有什么可以替代 /94
繁华落尽 /97
当低俗成为一种习惯 /99
行走的姿态 /102
佛不是用来求的 /105
一榻月光 /108
想象一个朋友的家乡 /111
民族·国家·我们 /114

第五辑 朋友去了天目山

同学乔玉珍 /120
朋友去了天目山 /134

第六辑 遥望彼岸

遥望彼岸 /150
刈麦 /155
残阳如血 /157

第七辑 运河南去

老娘 /162
运河南去 /166
咱的河 /168

第一辑

谁是英雄

悬　　挂

　　马多多跟随人们进入"移民"号太空船时手里还攥着家门的钥匙，他打算在飞船离开地球驶入太空前最后再看一眼，可是他还没来得及回头，舱门就在身后自动关闭了。之后，他只觉得心猛地朝上一提，"移民"号便脱离地球的引力升入高空。一刹那，他的听觉、嗅觉都没有了，幸运的是眼睛还算管事，他就只用眼睛感知未来全新的世界了。

　　马多多决定离开地球之前是一家大型化工企业的老总，他用一种制剂分解人类产生的垃圾，他和他的工人都穿着用他们厂分解的人类垃圾为原料生产的一次性工作服，戴着同样的口罩和手套，雪白的、无菌地把他们自己包装起来。因为他们感觉太臭了，外面的天空纷纷扬扬落下细沙一样的粉尘，带着特殊的气味，微生物一样钻入他们的眼睛、鼻孔、耳朵，甚至戴了口罩的嘴巴。每次一出门，他就开始诅咒儵忽二神，他们干吗非把一窍不通的混沌神凿出七孔来饱受微生物的侵害？！

　　但诅咒归诅咒，他还得生存。无奈之下，马多多开动脑筋研制了一台专门吃微生物的超强空气净化器。这台机器的造型很像一只猪，圆鼓鼓的肚子拖到地上，把一张一合的阔嘴吞吃来的微生物储藏起来，再消化掉。看着这只巨型猪，马多多总算松了一口气，他想智力真是个好东西，它能让你生活得纯净、优雅、文明。

　　可是不久他就感到不适，头晕眼花，脑袋发胀，四肢无力。与此同时，他厂里的工人也出现了程度不同的相同症状，人们都面条似的软软地在厂区和各个工作间漂移着。马多多看着影子一样游弋的人们呆愣了片刻忽然茅塞顿开：中毒了！

马多多抹去脸上的冷汗打开可视电话通知保卫部报警并封锁厂区。时间不长，大概一分钟的样子，头戴防护面罩全副武装的警察和红十字协会的医护人员就到了，尖利的刹车声使绵软的人们又绵软了几分。警察到食堂、卫生间等有食物和水源的地方取证，医护人员把员工集中到一间大会议室里检查消毒，警察在搜集证物之后留下一名叫野小儿的二级警督走了。

他们的行动真快啊，前后不到两分钟。

二级警督野小儿盯着马多多的眼睛打开了一个像旧式梳妆匣的机器按钮，示意马多多叙述事件过程。马多多按了一下鼻子，开始叙述他的感觉和发现。三分钟后，他的话变成文字从梳妆匣里吐出来，野小儿递过去让他确认并在上面签好自己的名字。野小儿完成这一系列工作后站起来对马多多说你有权保持沉默，否则你说过的每一句话都将作为证据保存下来。马多多吓了一跳，他想我不是嫌疑人吧？他张开嘴刚想争辩，忽然记起野小儿刚才那句话，心说我还是保持沉默吧。

警察从物证中没有找到毒源，医生也没能从病人身上查到病因，可人们的病却越来越严重，连一向以智力大亨著称的马多多也变得浑浑噩噩，记不起他做过或等待去做的任何一件事。智力大亨马多多正向着白痴转化，这让他焦急万分，他想阻止这种转化，但无能为力。马多多在仿佛醉生梦死的幻境里生活了三天之后，勉强打起精神，用遥感器接通了火星医学博士道先生的电话，道先生乘虚而来，他拿着纽扣大的激光探头样的东西这里戳一下，那里刺一下，然后笑着告诉马多多说真是中毒了。马多多立刻清醒过来：中毒？什么毒？！

一种学名叫"纯净相害"的毒症，这种毒症是因空气过度纯净缺少营养所导致的微生物缺乏症……

马多多吓了一跳，他一拍脑袋站起来：真是聪明反被聪明误啊！他赶紧派人关掉超强空气净化器，接连打了两个喷嚏，脑子便清爽起来，人也像春季复苏的植物欣欣然睁开了被疲惫压垮的眼睛。马多多紧握着

道先生的手说感谢感谢，你就像拨云驱雾的阳光，照耀着我们……道先生挥了挥衣袖登程而去。

然而好景不长，数分钟后，马多多的耳鼓开始受到挤压，尖利的哨音穿破耳膜，钻出脑壳，然后又返回来在心脏爆炸。马多多前所未有地感到了一种瘫软和恐惧，瘫软和恐惧增加的时候，他心脏的负担反而轻了。马多多手捧双侧太阳穴对控制室下达命令，每隔五分钟开十分钟超强空气净化器。马多多和他工厂的员工就在纯净与非纯净之间转换，他们的肉体和精神一会儿全面放松，一会儿又高度紧张，一天工作下来，个个头昏眼花，四肢乏力。马多多想长此以往，别说工厂，就是人也都垮了。无论如何得想办法拯救工厂，拯救那百十名员工。

马多多把自己关在工作间里，苦思冥想。他想唯一的办法是在纯净与非纯净之间找到一个点，这个点既要适合人类生存，又不能对其他事物造成伤害。马多多打开电脑，进入数据库，搜寻资料、摘录、设计、计算……然而，当他按照既定的程序开始工作时，他那一向以智慧著称的大脑运转失灵了，他就像一个得了健忘症的病人，什么也想不起来，什么也记不住，甚至连怎么操作键盘都忘了。

马多多踅出来，看到超强空气净化器还在嗡嗡地工作着，伸手把它关掉。回到工作间，耳边又响起了哨音，他跑出去赶紧把它打开，走回来刚坐下，就又感到脑袋不灵活了。他就又跑出去把它关上……如此反反复复，马多多的脑袋就像熬糊的粥一样冒开了烟，他索性不再跑了，一屁股歪在电脑桌前，看着那一堆密密麻麻的数据蚂蚁一样地在屏幕上跳动，气急败坏地拽掉电源。他烦躁地站起来，猛然从镜中发现自己三十岁的脑袋已是满头银丝，马多多惊讶地瞪着面前那个酷似自己又不是自己的人悲从中来：唉——曾几何时？曾几何时啊？！马多多扭身出了工作间，跌跌撞撞跑回家。

太空舱里依旧人浮于事，好在要去的那个星球人烟稀少。飞船跃过大气层进入太空，重量消失了。就在马多多感到越来越轻盈的时候，一声巨响使他又沉重起来。太空舱不知被飞行在空中的什么东西撞破，巨大的气流裹挟着一些物质碎屑扑面而来。马多多被冲得站立不稳，他

将身子弯曲贴紧弧形的舱门，伸手去抓舱门把手，钥匙从他手中飞了出去。马多多遗憾地看着它擦出一道火星，寂灭了。

一种不祥的预感涌上心头，就在他思索着该如何脱身之际，舱门被一块更大的碎片击中，歪斜着吊挂下来，马多多被抛起来，像蹦极一样倒吊在舱门上。啊——他不由自主地叫出了声，恐惧攫住他周身每一个细胞，他感觉生命正像流星一样迅疾逝去，可周围的人们仿佛什么都没听见，本来还应该继续呼叫下去的马多多噤了声。他的恐惧憋在喉咙里，一再膨胀。众人漠无表情，马多多痛苦地闭上了眼睛。

就在这时，太空舱响起凄厉的警报声，飞船操作系统失灵，舱内一片混乱。

马多多睁开眼睛，看来我就只能这样悬挂在舱门上在宇宙空间遨游了？他看到在他身边宇宙昏黄，混沌一片，那些在地球上看到的蓝莹莹的星辰也不过是一堆浑浊的物质裹在巨大的气团中，漂游着。马多多感觉自己失去了所有重量，像一片羽毛或者一片云一样轻灵自在，他感到从未有过的舒坦，他的灵魂正跃出身体向上飞升，飘游……就在这种欲死欲仙的感觉里，马多多松开了紧抓仓门的手。

猎

母狼灰和老狼木带领它的子民穿行在四月的三江低地。

这是一群毫无生机的精灵。漫长的冬季攫取了它们所有的积蓄，每一个都拖着炸蓬开的皮毛踉跄而行，各自做着精明的打算。灰和木心事重重，连年的战火迫使它们逃离家园，远迁他乡。灰和木必须在沼泽开化之前将它们庞大的家族带出这块危险的地域。前途渺茫，在未知的土

地上不知是它们的天堂还是地狱。一路损兵折将，灰更加疲惫，也更加暴躁不安。往年这个季节它大概可以谈情说爱了。食物的匮乏令它们萎靡不振，它们已经好几天吃不到食物，开始吃挺不住长途跋涉的同类的尸体了。木用冷厉的眼神儿和喑哑的嘶鸣招呼同行的成员，它们走走停停，不胜疲乏。灰哀哀地看着木，希望前面的路好走一些，或是有些小东西可以用来充饥。

杂草和灌木更浓了一些，地上黏土混着沙砾。灰迟疑了一下，跟在它身后的几只年幼的同类跟着停下来，抗议似的蹲在地上不动了。木冷厉的目光和嘶哑的哀号失灵了，木失望地站在众生面前，无力地低下了头。

原上井这天脱去了厚重的冬衣，换了一身轻装去打猎。三江平原的冬天令原上井困如死囚。大雪封门闭户，真可谓冰天雪地。没了刀光剑影，没了浴血拼杀，生活毫无生气。入春以来原上井就跃跃欲试，但每次时机都不成熟。最近听瞭望哨的士兵说月亮泡有天鹅飞起飞落，原上井按捺不住下决心进月亮泡打一次围猎。为此，他从前天就开始准备，带足干粮和最好的枪支弹药，带一连人马乘七辆军用卡车出发了。士兵们一路欢歌如同出笼的鸟儿，近午的太阳春意融融，更令他们精神焕发，神采飞扬。

原上井同灰和木遭遇的时候，原上井并没有想到面前是一群饥饿难挨、疲于奔命的狼，他把它们看成一群野狗了。入冬时节他打过一次猎，野兔、水鸟打了不少，那时并未遇到这伙东西。半年足不出户使原上井有些眼花，他们继续前行。然而遗憾的是前边路没荒草，而最后一辆军车又歪陷进刚刚开化的泥沼里，原上井心底莫名其妙地一颤，他感到了威胁。潜伏已久的灰和木用凄厉的叫声唤起它的同类，它们一齐猛扑过来，原上井本能地扣动扳机，却非常准确地打中了他的士兵。士兵们在原上井的枪声中抓起了武器。木用一声尖啸吩咐它的队伍四散逃开，隐伏在灌木杂草中。士兵们盲乱地扫射，原上井扯开喉咙呵斥：节约、节约、撤、撤——

在他们掉转车头，最后那辆军车依然横在路上，慌乱中几辆车挤在一起，齐刷刷地陷进湿地挡住了去路。这时的木已率众生把他们团团围

住，如同原上井剿匪时的大包围。此时车变成了一堆废物，原上井看一眼渐渐远去的太阳，一身冷藏汗流下来：弃车而逃吧。

这是一场罕见而又艰巨的阻击战，双方都在拼。原上井的队伍子弹已经不多了，灰和木的臣民也在锐减。灰和木很清楚不能放走眼前这份食物，它们已无退路；而原上井也必须打败或轰跑这群野兽，否则别想生还。

太阳西斜，暮色渐重，继而是夜了，接下来夜深了。沼泽地的夜阴冷湿重，原上井命令士兵打开油箱燃油取暖。原上井和他的士兵警惕地握紧枪，不错眼珠儿地盯着灰和木们。灰和木们卧草而居，休养生息。刚刚经历一场生死搏斗，它们消耗了自身全部体力和几乎半数家族成员，当然也得到了食物补充。此刻它们绿莹莹的眼睛仇视着眼前的进犯者，思谋着怎样才能战胜他们。

这一夜双方彻夜未眠。

曙色初露的时候，夜到了极致，寒冷也到了极致。火渐渐熄灭了。灰和木带领它的族群发起最后一次攻势。十五分钟后，灰和木逼近士兵，吮其血、啖其肉。原上井绝望地逃进驾驶室做最后挣扎，木怪怪地看了他足有一刻钟，尔后掉头走开。原上井不相信自己会落到狼的利爪之下。原上井天真地等天亮，等太阳出世，等灰和木率领它的子民迁徙而去……原上井等到的是木用枪敲开窗玻璃猎他而去。

地上是累累白骨。

斗　　智

啊——，我长长地打了个呵欠，相父的声音断了。我看到殿下的大臣们面面相觑了片刻，然后顺下眼皮瞄了我一眼，我装做什么都不知道

地揉了揉眼睛，朝相父挥挥手：您接着说。

相父沉吟了一下，清了清喉咙，继续着他昨晚的请求。

这是个精明、自信又傲慢的人，这样的人多半太相信自己的智力，他们经常很自负地挥动如椽大笔，改写别人的命运，玩历史于股掌间。殊不知，他自己的命运就在他的才情迸发中走向既定归宿，这就应了后人常说的一句话：最终打败你的是你自己。

昨晚的辩论以我的沉默告终，面对曾舌战群儒的相父，我硕大的舌头塞满口腔，吐不出一点儿声音。我多想告诉相父，智慧有多种形式，我也不需要战争。可是我知道我无法改变他的志向，但我多么希望他能听我一句啊，我也知道这是痴心妄想，一个聪明人怎么会任一个傻子摆布呢？所以我只好听任他在我耳边聒噪而不搭腔，如果不是我坚决地闭紧眼睛，又震耳欲聋地做起鼾声，我相信相父定会彻夜长谈。什么关于扰边事件，关于西南战事，他是不愿侍候我这个笨皇帝了。他的忠心？我看完全不像那些自以为是的大臣们信誓旦旦标榜的那样忠贞不贰，父亲牺牲60万兵卒都没夺回的军权我是不想夺也不想要的。但是在这种权力的制衡中，父亲扼制了他取我而代之的欲望。知识分子嘛，总是很顾忌自己的脸面。在这方面，相父就不如曹氏父子诚实。相父现在肯定肠子都悔青了，我们都明白，以我的智力是不能君临天下的，以他的才情，完全可以更改历史。他已经这样做了，目前还在继续这样做着，不过现在他做得有点儿窝火，有点儿心不在焉。这怨谁呢？谁让他选错了对象？！我爹蜀主刘备奔波一生也未能成为真正意义上的蜀主，我呢？更是扶不起来的刘阿斗！

我很清楚人们对我的感觉，他们在谈论我时总是一副不屑的神情和鄙夷的口吻，他们历数我的愚顽、无能、道德堕落、不思进取等，反正我一无是处。他们更不无担忧地预测到相父的智慧和士兵的血肉换来的江山终有一天会葬送在我这个白痴手里，他们在这样思想时总是一副咬牙切齿的样子，不过在这副愤恨的表情下发出的声音却只是一声叹息，叹息之后总结说：主公为了收降子龙，把这小子摔傻了。

我在书简成堆的大殿里刚打了一个瞌睡，内侍就把我摇醒了。我抹

了抹流过嘴角的口水，看到相父安跪在殿下，我知道他又要出征了，聪明人一会儿不玩儿他的智慧就难受。这种人靠智慧生存，智慧之于聪明人就像翅膀之于鸟类，歇翅而憩只是暂时的，是养精蓄锐。可他们哪里知道，智慧有时也是有毒的。

相父以他特有的智者的语言分析了西南形势，他说为保我主稳坐江山，长久无忧，必先收服南方蛮夷……

我盯着相父这张脸，感觉他的确苍老了，眉心的愁结拢成了核桃，再也舒展不开了。突然涌起的怜惜几乎让我动容，我抽了抽鼻子，跟相父比，我是幸福的，我幸福地生活在战乱年代。战争的中心地带最安全，比如现在的我，永远处于战事之外……唉——，他愿去就去吧，将心比心，让他整天守着我这么个白痴怎么能够心情舒畅呢？智者？智者！就让智者去建立他们的功勋、改变或创造历史吧。我低咳一声，打断相父的陈说：相父年高体弱，就不要亲劳了吧？再说，我也离不开相父啊。

相父的眉梢抖了抖：我主不必担心，如今形势于我有利，东吴与我讲和，料无异心；若有异心，李严在白帝城，此人可当陆逊。曹丕新败，锐气已丧，未能远图；且有马超把守汉中诸关口，再留关兴、张苞等分两军为救应，保陛下万无一失。……南蛮之地，离国甚远，人多不习王化，收服甚难，吾当亲去征之。可刚可柔，别有斟酌……

你就卖弄吧！我在心里冷笑一声：人有失言，马有失蹄，街亭一战，已经昭示出智力的缺陷……走吧走吧，我晃着脑袋，挤出两滴眼泪："朕年幼无知，唯相父斟酌行之。"相父趋前一步告辞，我撩起宽大的袖子拭了一下眼角，算是我对他远征的担忧与不舍。

送走吵吵嚷嚷的相父，我在宽大的龙榻上翻了个跟斗，尔后吩咐内侍："收拾渔具，钓鱼去！"

内侍愣了一下，犹犹豫豫地说："陛下，丞相新去……"

我拢起眉头，坚决地挥了挥手："弱水三千，我只取一瓢饮。"尔后俯下身在他耳边大喝一声："你不觉得他走了，我们耳根子清静许多吗？！"

内侍被我吼得趴在地上，磕头如捣蒜："陛下息怒，奴才该死，陛下息怒，奴才该死……"

"起来吧。"我长叹一声,我也只能在这些奴才面前施展一个君王的威严,我是一个受罪的皇帝!他走了也好,省得他看着我不顺眼,我每天被他的智力包围着也战战惊惊惶惶不可终日。我既没有雄才伟略,也不是一个胸怀大志的人,拥有天下不是我的梦想,更何况我害怕战争的毒牙。有了我这样的主子,相父的智慧也就只能使历史热闹一阵罢了。我也曾试图劝说相父改变智力方向,比方说去研究农田水利,研究气象。他的天象知识足以让他成为一个早慧于世上任何国家的气象学者,那样完全可以改变他在历史上的表情。只可惜他的关注点不是经济也不在治学而热衷于政治权力,我这番话气得他病卧床榻好几天,以后在他面前我再也不敢提了。

若干年后,在潼关遭遇张养浩,我才找到了知音。那天张养浩看我袒胸路边,乜斜了我一眼,问:你就是最热闹的那段历史上是著名的傻子?我傻兮兮地笑给他看,张养浩说好、好、好,历史若是多几个你这样的人,可能会沉寂许多,但也少许多争执。傻子好,傻子好啊——哈哈哈哈……笑罢扬长而去。

我不解地瞅着他远去的背影,尘土在他身后的阳光下迷漫着,尘土迷漫处,响起苍凉的歌声:……伤心秦汉经行处,宫阙万间都做了土。兴,百姓苦;亡,百姓苦。

我掩起衣襟,向南揖拜:相父,你输了。

谁是英雄

与施耐庵擦肩而过的一瞬间,他"呛啷"抽出宝剑。我惊回头,看到剑光在夏末的太阳底下寒气逼人,他青莲色的长袍上皴染着几处深红

色的斑渍，一股腥臭弥散开来，我抽抽鼻子，直视着他的眼睛。十秒钟后，我笑了。施耐庵握剑的手抖了一下，随即又握紧了剑柄。

你的剑何处而得？我正直了身体，把目光落在他的眼睛上。

施耐庵的眉毛颤动了一下，他的手更紧地握住剑柄：乱世生存……

我觑着眼看他剑柄上已经褪色的红色璎珞，那丝质的线条不知历经多少血雨腥风，已然僵硬，没有了柔软的质感。我歙开嘴唇说问你一个问题：我们从哪儿来，又到哪儿去？

我从……

不是你，是我，我们，我们全体。人，所有人，包括你认识的和不认识的。我在阳光下重重地咬着每一个字。

这算什么问题？——你问这干什么？施耐庵疑惑且警觉地看着我。

我想知道。

这有意义吗？

当然。我神情笃定地点点头：你不觉得世界的来路和尽头很值得追问吗？它总比互相厮杀有意义吧？

你——什么意思？施耐庵竖起了他不算浓郁的眉毛。

没什么，我笑了：只不过想跟作家讨论一下人性问题。

这个还需要讨论吗？他哂笑一声：人之初，性本善。

那么《水浒传》诸"英雄"哪一个善良？他们少有恻隐之心，个个以手刃仇敌为快。

官逼民反……

你是说别无选择吗？

施耐庵点点头。

好吧，我们就谈谈这个"反"字。"反"什么？

反暴政……

那么反成功之后呢？

建立一个昌平——大同世界。

那么让我们从历史的源头看起：陈胜吴广反秦暴政，刘邦建西汉；窦建德举义旗反隋，李世民南面称王；……打碎一个政权，建立一个政权，政权与政权毫无差别，都是从治到乱，如此周而复始，总在一个圈子里转，这种推倒重建还有意义吗？

施耐庵两眼一眨不眨地瞪着我，找不出一个驳斥的理由。

我清了清喉咙总结道：由此得出一个结论——民间无文化，民间无思想。

施耐庵抽了抽鼻子，冷冷地回了一句：圣人有言，普天之下，唯女子与小人难养。

我笑了：顾左右而言他是失败者惯用的伎俩。再者说了，你这样攻击一个初次见面的女人不觉得有失公允吗？你对我又不了解。

施耐庵仰了仰他略显菜色的脸：天下女人皆为女人，你与别人有什么区别？

我放声大笑，直笑出了眼泪。他的手在我的笑声中抖动着，我看见那剑吐出了信子，就止住笑，擦着眼泪说你是不是觉得你现在应该动手了？

施耐庵愣了一下，他有些犹豫：杀一个女人……

我向前跨进一步，纯白色的裙摆飘了飘，之后便盖住我的双脚，我说虽然你描述了108名性格各异的"英雄"，但你不了解人，不了解男人，更不了解女人。

这回轮到他笑了，他的笑容像针一样刺向我，我的脸部感到从未有过的灼痛，他意识的毒汁渗出来，我赶紧偏了偏脑袋，试探着问：如果你有时间，我想跟你讨论一个人的名字。

名字？谁的名字？

阎婆惜。

阎婆惜？怎么啦？

这是一个女人应有的名字吗？

名字，符号而已……

但它反映着一个人的精神状态。你如此厌恶甚至仇视女人，必定有什么缘由吧？

你——？施耐庵有些恼火，菜青色的脸泛着绿光：你该知道一句话——女子无才便是德。

不对吧？我很有耐心地笑了一下：你们男人不是也欣赏花木兰、苏小妹、唐婉儿、李清照、公孙大娘甚至美人虞姬吗？

施耐庵的脸由绿变红，他张了张嘴，却只吐出一口气。他乜斜了眼睛看我略显单薄的身子和光洁的额头，我想他现在是拿不准该抽出宝剑，像他书中写得那样快意恩仇，还是该拂袖而去。遇到我这样一个小女子是他始料不及的，与女人讨论这样的问题太伤男性的自尊，但就这样拂袖而去留下一个失败的印象给别人又让他日后无法在众人面前立足。他进不得退不得，脸上的表情就有些张皇，有些尴尬，有些无所适从……我望着他逐渐缓和下来的神色，心说这才是一个男人应有的心态。

我略顿了一下，轻柔了声音问：你反对强权政治，又奉行丛林原则，这不是很矛盾吗？况且，以暴抗暴，以恶抑恶的行为本身就推进了人性堕落。

环境改变人。如果我们生在周天子……

我摇了摇头，说：据我所知，我所居住的村庄曾救过两个"鞑子"。就在你们号召中秋夜月上中天起事的那个时候，我们藏起了这两个人，他俩就是管理我们的里长。他俩从不祸害我们，并使来往客商或官员和睦相处，以礼相待。时至今日，我们都不过中秋节，因为它带有很强的血腥味儿。——知道我们村叫什么名字吗？

施耐庵不屑地看着我。

我轻轻地吐出三个字：鞑子店。

施耐庵从鼻孔里喷出一声冷笑：语言总是很诱人的，但事到临头又怎么样呢？你不也曾以恶制恶吗？

我的脸腾地红了，十年前我用一个人的提货单抵扣了这个人欠我的货款，结果我输了官司。输了官司的我开始思考，用心拨开事件与习惯的雾障，挖掘事物的本真。待脸上的红晕退下去之后，我笑了：生命过程总是在学习中完整起来的。以暴抗暴，以恶抑恶走到现在，你不觉得我进步了吗？

但社会并未进步……

不对吧？我再次打断他的话：不是连周瑜都在迟子健的规劝之下放下战刀了吗？你一介书生……

谁说的……施耐庵突然盯着我不说话了，他就那么一动不动地呆立着，连眼球都不转了。数分钟后他才缓过来，喃喃地说历史总是强化一个侧面，不完满才更显真实……他突然挥手打断自己的话，抬起头来试探地说：可以问你一个很私人的问题吗？我点点头，他忽然羞涩起来，忸怩了半天才说：你——叫什么名字？

嫣然。我莞尔一笑。

红　　尘

那条早已废弃的下山的路还被露珠及小草覆盖着。太阳光从楠竹与松树的枝叶间漏下来，斑驳着，早晨与黄昏在这条古道上毫无二致。小乔一步一滑地走着，她的心思不在脚下，而在遥远的唐代，在另一个出类拔萃的女人身上。

正心不知道什么时候出现在她身后的，他们一前一后走着，小乔似乎有了感觉，她侧身回眸，与此同时，正心双手合实：阿弥陀佛！

小乔回了一个佛礼：师父早。

正心目视前方：这就回了吗？

不，还想到双峰山去看看。——师父也下山吗？小乔盯着脚下湿滑的山路，小心翼翼地迈着每一步。

正心的脸上倏忽升起一团雾又倏忽散了，他把目光调向松林间的佛塔，那被风雨侵蚀的青砖已经十分圆融了。

东山古道像一条伏卧在山林中的苍龙，蜿蜒曲折。石路尽被荒草、

松针、梧桐淡黄的落叶所覆盖，更增加了它的古拙与深幽，一种历史纵深感也由此点染而生。小乔几次都想放下背包，取出画夹，把这些描摹下来。这一幅天然油画是一个人的心无法承载的，她必须把它画下来，让油彩、让山林古道的灵秀溢满纸面。

喜欢吗？正心目不斜视地一直盯着远山近水。

什么？小乔再次回眸，正心的脸又红了，小乔明白了他的所指：哦，喜欢，这里有一股静憩之美。

国画，还是油画？正心半闭了眼睛，停住了脚步。

国画——花鸟，也画写意。

哦，山川是一幅大写意吧。

是——啊？啊！小乔脚下一滑，差点儿摔倒。

正心扎煞着两只手窘在那儿——我、我帮你提行李吧。

不用了，谢谢。小乔把双肩背包在胸前固定了一下，正心的两只手无处可放地举在半空，看小乔的目光对着自己，仿佛才意识到似的倏地缩了回去。

为感谢他的好意，小乔请教了一个问题：师父，佛法所说的贪嗔痴慢的慢是轻慢的意思吗？

是，比它还要广泛一些。

唔。——师父，出家一定要有原因吗？小乔天真地扬着脸等待他的回答。

可能吧。正心平和地说。

那——

可以问你一个私人问题吗？正心打断了小乔的追问。

您问吧。

除了绘画，平时还喜欢别的什么吗？

看书、旅游。

都喜欢看什么书？

小说……小乔犹豫了一下，在心里做了个选择：艺术与哲学思想类。

噢，那喜欢柏拉图吗？

喜欢，他是一个生活在精神世界的人。也喜欢伊壁鸠鲁，确切地说是喜欢他的一句名言。

什么？正心一直意外地看着她。

他说人生最大的快乐就是身体的无痛苦和灵魂的无纷扰，只可惜我们谁也做不到。

是。佛法呢？

小乔语塞了，面对一个僧人，小乔不想评价。阳光斑驳地洒在正心头顶，她想不透俗世生活与佛门清规为什么会隔着一条鸿沟，一脚踏进去，就是两个世界的人了。

除了研读经文，您和师父们还可以喜欢别的什么吗？小乔适时转移了话题。

可以啊，比方音乐，你喜欢吗？

还可以吧，您呢？

我是歌唱家啊。

小乔再也憋不住喷口而笑，就在她笑得花枝乱颤的时候，脚下一滑，身子向前倾斜，整个人就失控地滚了下去。

正心在吃惊地看她朝下滚了一段之后，飞快地向下跑去，在超过她之后用身体挡住了势如破竹地冲下来的小乔，小乔一身泥土花容失色地瘫在正心怀里，正心在看到小乔盖过来的感激的目光时突然松了手，小乔又一次朝下滚去。

正心再一次朝下跑去的时候，小乔及时伸出脚钩住了路边一个凸出的树墩。

正心走过去，满脸通红地向她道歉：没伤着吧？我佛慈悲……

小乔揉着磕伤的膝盖回了一句：师父慈悲吗？一屋不扫何以扫天下？

罪过……

小乔拍打着衣服上的泥土站起来，一瘸一拐地走下去。

正心犹豫了一下，捡起从小乔包里甩出来的书看了一眼：书本封面人物身上那个鲜红的A字像针一样扎伤了他的眼睛刺痛了他的心。他飞

快地追过去：可以留下您的地址吗？

小乔头也不回地拒绝了：不必了。

正心的心突然悸动起来，他就那么捧着小乔丢掉的书长久地站在山路上，目送着那个早已逝去的身影。

制 造 悬 念

某一天，上帝突然派使者飞临竞宁的额头，告诉她你将有很长的生命过程，你将博学多才，受到众人的赞赏甚至崇拜，就像众人崇拜我一样。你是个偶像级的人物，但是，为了不使你太过骄傲，我要为你设置一些挫折和磨难……

你是说像如来佛祖为唐僧师徒设置的九九八十一难那样的磨难吗？竞宁挥手打断了使者的转达。

使者忽闪了两下眼睛：上帝是这样说的，他给你制造磨难，而且让你最终战胜磨难……

这还有什么意义？竞宁盯着使者的眼睛：过程和结果都被预知之后，过程就不再是过程，结果也就无所谓结果了。

使者惊讶地发现这的确是个智者，怪不得上帝如此眷顾她呢。使者对竞宁的问题避而不答，他说我是上帝的宣谕者，只管宣谕，其他问题你可以去问上帝。使者接着宣讲上帝的示谕：上帝说你将终生被人追求，被人爱慕，而没有机会追求别人，追求爱情……

这么说我将被动地走过一生？竞宁皱紧了眉头：甚至没有追求爱情的机会？竞宁的心一下子凉了：那我活着还有什么意思？

使者说你知道了未来将要发生的事情，就可以很好地安排生活，珍惜时间，面对死亡……

我不想预知！竞宁坚决地说：人类这个物种是充满好奇心和冒险精神的……

但我必须告诉你，这是上帝的旨意！使者比她更坚决：你将在一个秋天——

不！竞宁捂住耳朵，闭上眼睛，对使者说求您，给我的生命留下一点悬念吧！

上帝说你将在秋天的某个月圆之夜前的某个……

你信不信？我现在就可以把你杀死，然后结束我自己的生命！竞宁睁开眼睛怒视着那个被派遣者。

你不能。使者冷笑一声飞升而去。

使者走后竞宁异常倦怠，生活对她来说已经失去了吸引力。既然上帝把一切都安排得井井有条了，那她还追求什么？这个时候，她特别痛恨"预知"这两个字，她不明白那么多人为什么那么想预知未来？难道他们不怕知道结果后生活会变得苍白无味吗？

没有了目标的生活让竞宁无所事事，一切都异常明了地等在前面，竞宁就把日子弄得非常混乱，"没劲"现在是她生活的全部意义。某天，竞宁忽然想起上帝说要给自己制造一些挫折，什么挫折呢？这是一个悬念！竞宁兴奋起来。她想是生活方面的？不是，竞宁摇摇头，她现在的生活比上不足比下有余，就是有什么突发灾难让她一下子一穷二白了，她还有一双手，所以面包不会没有，房子也不会没有；那么是工作方面的？也不是，竞宁仍旧摇摇头，按目前的情况，她不会失去现在的工作，即使失去了，她只会拥有更好的工作；难道是身体的，疾病？这更不算什么了，疾病是任何人一生中都无法逃脱的困厄；剩下的还有什么呢？人生无非精神和物质两大块，斯德葛派哲学家伊壁鸠鲁早就说过人生的最大快乐就是身体的无痛苦和灵魂的无纷扰，身体的无痛苦谁也做不到，但灵魂可以无纷扰——对，竞宁恍然大悟：上帝在人生意义这个问题上为我制造了纷扰！

竟宁是一个非常倔强的人,她在明了了上帝的意图之后就去破解第二道难题:追求一个人。可是还有一个问题,那就是她必须先放弃被爱,然后再去追寻爱人。不知是哪位专门研究人类情感的科学家说过爱情的最长寿命不超过18个月,不就18个月吗?为了给生活增加点儿味道,我就狂热一回跟上帝赌一把!

竟宁做通了自己的思想工作却找不到可以追求的目标,她在心底拼凑着自己对理想爱人的元素:一、他必须博学正直,男人是需要景仰的,景仰才能产生爱。二、他必须高大硬气,处事果断。竟宁不喜欢奶油小生式的俊朗男人,她欣赏那种带点儿霸气的古代侠客式的英雄。话又说回来,哪个女人心中没有英雄情结呢?三、——不,其余的就不重要了,人是需要有缺点的,有缺点才真实可爱,完美的人是不存在的,就像完美的事物在这个世界上不存在一样。

竟宁定下条件后开始在她可能接触的范围内寻找合适的人选,然而非常遗憾,他们在她面前那么面目不清,不是少才气就是少男人气,再不然——唉!别提了,看满大街广告里男人们整天喊给我力量就知道如今的男人都什么质量了。英雄的时代已经过去,一个湮灭性别的时代非常可怕地到来了。

就在竟宁非常失望的时候,一个男人不经意地闯入了她的生活。

这个男人既不伟岸,也不英俊,甚至还带着一点儿懒散的儒雅与霸道——对,霸气。竟宁的心重重地敲了一下,温柔如水流遍全身。当他们目光相撞的一刹那,竟宁明白了:爱就是爱,它无所谓理由,也无所谓先后、主动与被动。

在学术报告大厅的两端,他们同时站起身来,越过众人,向对方走去。

卖 口 儿

　　破锣嗓子冯奎看上了铁城镇朱家的大闺女朱喜喜,但也仅此而已。冯奎几次想烦人说亲,但想想又都罢了。他没有资格——穷,父母一口气生了四个小子,囚在三间土房里,吃穿都成问题,娶媳妇就是连想都不敢想的奢侈了。但婚姻也是解决人的基本问题的,它不因为你穷就不想不存在了。

　　冯奎是在搭班演出时遇到朱喜喜的。那天他在表演完吞铁球、吞宝剑之后,把两枚特制象牙骨针由鼻孔塞进去,在下眼睑底下刚冒出个头儿,他就让那两枚骨针停在那儿,带着它们拿着锣讨赏时看到了朱喜喜。当时朱喜喜一脸怜惜,眼里转着泪花,那表情痛苦极了——比他吞铁球时的食道和胃还痛苦。走到她面前时,他不由自主地缩回手,想越过去。朱喜喜比他出手还快,攥得有些潮的一块钱非常准确地落在翻过来的铜锣里。冯奎的心咚地敲了一下,他抬头去看她时就又敲了一下,比他手中的锣敲出的声音还响。

　　接下来的演出冯奎更加卖力。他从随身携带的一只藤条箱子里取出一件除非重大场合才肯用的滚边小戏衫,绕场一周给大家看:老少爷儿们,我今儿就给大家卖一膀子了。看见了吗?——冯奎抖抖小衫——噢,没看见,那看见我了吗?啊,这回看见了。那位老哥说了,你是谁呀?我,冯奎,记不住,是吧?好说,冯奎,人送外号破锣嗓子,这回记住了吧——噢,打住,那老爷子不高兴了,说你小子有本事吗?没本事别在这儿穷贫气!好——嘞,老少爷儿们们,您就看我耍起来,嘣噔锵!那位问你拎件小破衣服干什么?给你儿子穿啊!——冯奎做出一副羞涩状——十分地对不住大伙儿,小生我尚未娶亲,儿子么——这位说那就是给他儿子穿的——冯奎指着台下一个20岁左右的小伙子——您老要问了,他儿子是谁啊——我呀!您问我有多高?冯奎使劲儿朝上伸了

伸脖子——一米七,还有个五。这位老哥又说了:别开玩笑了——您别撇嘴,锣鼓家伙敲两下子,咱们就穿起来——冯奎故意费了好大劲儿才穿进一只袖子,那小衫就像一块布挂在肩膀上。他晃着身子走了两圈,那小衫就穿上了身。再一圈下来,扣子也系好了。他伸着脖子朝台下一看:那大娘不信,说我这衣服是猴皮筋儿!哎呀呀,猴皮筋儿啊猴皮筋儿,那就再来俩瓶子,看这猴皮筋儿还能抻不?说罢接过鼓手递过来的两个散装白酒瓶子,由脖子底下塞进去——俺娘哎,可硌死俺了!冯奎蚂蚱一样蹦跶下土台子,学着小孩子的腔调喊:娘哎,俺要吃糖;娘哎,那边儿有卖香油果子的……走到朱喜喜面前,冯奎犹豫了一下,随即用哭腔央求:大姐,你得帮帮我,那大娘不信,说我秃乖乖这衣服料子是猴皮筋儿,你摸摸,有这样的猴皮筋儿吗?

朱喜喜的脸腾就红了,众目睽睽之下,她不知道自己伸手好,还是不伸手好,愣怔片刻,扭身跑出了人群。

杂耍班子在铁城唐槐旁的空场上演了三天,朱喜喜就跟着看了三天。

下晚儿收了摊子,冯奎就到街上转悠,寻找朱喜喜。第一天没转着,第二天他就多了个心眼儿,散场时看她朝哪个方向走,他就按照那个方向去寻。结果还真让他寻到了。朱喜喜出门抱柴火,与正在门外转悠的冯奎撞了个对面。朱喜喜一愣,脸上旋即飞上一片红云,抱了柴火急急忙忙进去了。慌快地冯奎都没想出一句话来。

朱喜喜进门后,冯奎对着敞开的朱家大门发愣,俗话说吃饭穿衣看家当,梳洗打扮看丈夫。就朱家这带门楼的院子,迈上七级台阶才能进屋的青砖瓦房,她家在方圆几十里,就是整个吴桥县城也得是数得着的富裕了。冯奎就有些傻,想把朱喜喜娶到手恐怕比登天还难。就在他发愣的时候,朱喜喜来关大门了,看到他朱喜喜脸红红地笑了,她乖巧妩媚地看他一眼,咣当一声关了门。

第二天冯奎在朱家门口没有等到她,但她的笑给了他勇气和希望。

三个月后,当西伯利亚寒流赶走了飒利的秋风,冯奎又回到了铁城。这次,他有点儿衣锦还乡的味道,一身灰色西装,自行车、手表,另外还镶了两颗铜质金牙,他这打扮在七十年代末的农村是很扎眼的。

西装十块钱，手表是在修表匠那儿半要半买的，不拍不走，只有那半新自行车还值几十块钱。这次外出挣了四百多块钱，省吃俭用置办了这身行头，没事就披挂整齐了在街上转，见人就白话外出见闻，没人时赶紧拍拍不走的手表。

朱喜喜母亲正在街上卖枣，冯奎径直骑到她面前，咋咋呼呼问：枣儿多少钱一斤？

八毛。

太便宜了！沧州金丝小枣是名品——冯奎说了一句文词——应该卖一块，一块也便宜。哎呀，吴桥人就是不会做生意。活该受穷啊——这样吧，你有多少？

就口袋里这些……

一块一斤，我都要了。约约，约约有多少。

二十八斤。老太太约好了秤懵懵懂懂等着他——天底下还有这样的傻子啊？

冯奎掏出一沓十元新钞，抽出三张递过去：别找了别找了，——唉呀，大娘，你看我也没拿个家什，你把口袋借给我，我回头再给你送家去。大娘，您住哪儿啊？

老太太手里攥着钱，脑子早已转不过弯来，被他带得跟头骨噜地跟着他的思路走：——城南，有门楼的就是。

好嘞，大娘，我走了，明儿——明儿您在家吧？我给您送回去。

老太太眨巴着眼，还没弄明白怎么回事，冯奎就一溜烟走了。

冯奎拿走了老太太的口袋，就有了到朱喜喜家去的由头。第二天，冯奎如约来到朱喜喜家，一口一个大娘叫得亲热，眼却不时地朝西屋扫。朱喜喜听到声音装着过来倒水，看到焕然一新的冯奎吓了一跳，倒了水想出去，冯奎眼看着她却冲着老太太问：这是您家大姐吧？老太太没明白他的用意，谦虚地说：唉，十八九的闺女了，就是不会说个话，这样怎么能热乎人呢？

不会说心里有数就行。

喜喜，你看看人家，多会说话。

大娘，话多您不烦啊？

不烦不烦……

那我以后常来陪您说话吧？

啊——来吧，来吧。老太太没明白什么意思，但也不好当面拒绝。

冯奎得了特许，高兴地告辞走了。

这以后，冯奎就常来，有活儿帮着干活儿，没活儿就陪着老太太闲聊。等到老太太终于明白冯奎的用意时已经晚了，她想棒打鸳鸯，朱喜喜就死给她看。老太太束手无策，叹一声：儿啊，他家穷得瓦片儿盖不住屁股，你就死心塌地跟他过穷日子？朱喜喜拽了一下冯奎，冯奎咕咚就给老太太跪下了：娘，别看他们现在有钱，但他们会坐吃山空，俗话说家有金山，不如日进三钱。我是搂钱的耙子，喜喜就是装钱的匣子。以前没人管着我，以后有人管了，我可是活银行啊。您也知道我这活儿都是绝活儿，到下一辈就失传了，吞铁球、吞宝剑、缩骨，人们想看，只有我能表演，碰上心软的，一掏就是大票子。三百块钱盖一栋房子，瞧瞧，我这瑞士英歌表，多少钱——四百八！他抬起手腕晃晃表：您别着急，我不是糟蹋钱，出门在外，行头第一，有了好行头，才能赚大钱……

老太太被他说动了，跟着他一起展望未来。

杂技艺人管演出时的道白叫卖口儿，破锣嗓子冯奎就靠一片三寸不烂之舌一副好口儿把朱喜喜娶回了家。

风　　水

车近边城，窗外的景物葱郁起来，一直跟着山转的小溪也宽阔了许多，有了江河的味道。溪水清冽，遇有阻碍，滚雪般溅起叠叠浪花，真是个好地方，风水——

杜吉祥心底蓦地升起一股愧疚，人是不能违背良知做事的，只要你背着良心做下了，你心里就会亏欠一辈子。有很长一段时间，他不敢提及甚至不敢听风水两个字，他怕多年前玩笑似的做下的这件事会真的成为一种必然——他怕一语成谶，所以这些年来他一直回避着这个问题，也一直回避到这个地方来发展。

边城一直很闭塞，大概也可能因为这种闭塞，风景也就绝好地保留了下来。如今，作为家乡的成功人士，他被政府邀请回乡发展，几经斟酌之后，才有了这次行程。

近乡情欲怯，不知何时杜吉祥就有了这样的感觉，越靠近家乡，心底的虚空感就越强。人家都说衣锦还乡，在杜吉祥心里是找不到一点儿感觉的。不知道坏小子丁三现如今怎么样了？还那么没皮没脸没正行儿吗？

想到丁三杜吉祥就又气又恼又恨又悔，这个从小一起长大的玩伴儿简直就是他的克星，几乎每次所遭受的奚落都是丁三在背后捣鬼的结果。无论从学习，还是玩耍，杜吉祥一直不是丁三的对手，他既服气，又羞恼。人跟人总是无法比较的，就像老俗话说的：人比人该死，货比货该扔。

在杜吉祥跟丁三近半生的PK中，杜吉祥唯一赢的一次就是自己从一个默默无闻的小公务员变身为一个家资上亿的老板，而丁三从最好的大学毕业进入最好的学校当老师又从最好的岗位上退隐回到家乡，做了一个地地道道有知识有文化的新农民，杜吉祥终于从钱财上可以与之比肩了。

杜吉祥不是个小气的人，但在对待丁三的问题上，始终是很纠结的。这种纠结就伴生了很多东西，比如那个叫妒忌的情绪。

杜吉祥就是在这种情绪与心理作用下做出那件违背良心的事的。

怕什么来什么！远远地，杜吉祥就看到在村口迎候的人群中那颗聪明绝顶的脑袋，杜吉祥心底颤了几颤，他感觉自己的呼吸都有些僵硬了。曾经见过比这大得多的阵势，还从来没有这样怯过，就像站在悬崖边，一脚踏空，人整个头朝下折了出去。

减震极好的奔驰越野沿着山坡滑下去,杜吉祥还没整理好心情,就不得不硬着头皮下车了。

一脚迈出去,一张脸就几乎贴到了他的脸上,丁三呼出的热气有股嘎小子的味道。杜吉祥怔了怔,哑着嗓子问:你小子不归隐了?

丁三咧着嘴笑:这不是你回来了吗?我怕一会儿你被领导们请走就再也见不到了,我还欠着你一顿好饭食呢!

杜吉祥有些怔,他不知这话从何说起,但容不得他思想了,镇领导扒开堵在前面的丁三,热情地几乎是抱着他向前边一幢新起的酒楼走去。

一桌子很纯正的山野味,丰富而又环保。但杜吉祥的心思不在这里,他想着丁三刚才那句颇有深意的话,心里七上八下。

不知不觉喝多了,镇领导们的花样还真不少,喝茶泡脚卡拉OK,杜吉祥一样都不想干,但又不能硬生生驳家乡父母官的面子,于是就在别人粗脖子涨脸地吼歌的时候,悄悄溜了出来。

山乡的夜阒寂无声,只有草虫在黑暗中低吟。闻着久违的家乡的味道,杜吉祥竟有些欷歔了。

深一脚浅一脚的,杜吉祥努力辨别着方向,费了好大周折才找到那一处院落,灰瓦白墙,门楣上手书的"坐看云起"——知识分子就是知识分子,到什么时候都忘不了秀"意境"。门半掩着,透出灯光,水一样铺展了半个院子。院子里栽着一些植物,在植物的掩映下,院子就有些古朴,有些悠远。杜吉祥正思考着要不要捅开那层窗户纸,就听到有说话声从里面渐渐清晰,一会儿便扩大到了眼前:阎王、阎王——

丁三那颗非常光亮的脑袋从灯光带里走出来,杜吉祥下意识地闪进墙角的阴影里。

这个活阎王,又跑哪儿去了?!丁三叉腰站在门口,一行骂着一行往四下里张望。杜吉祥这才听清楚丁三叫的是阎王,而不是他以为的"愿望",杜吉祥刚还在想丁三这么有文化,怎么给孩子起了这么个名字呢?原来如此!杜吉祥醍醐灌顶般明白了丁三孩子名字的寓意之后,差点儿没失声叫出来。

丁三喊着朝坡下走去,不多会儿,就传来啪哒啪哒的跑步声,一个童声奶声奶气地说爸爸，咱们的野鸡少了两只，你又给他们吃了啊？

没听清丁三说什么，细细小小的，不像是跟孩子说话。

杜吉祥拐上坡道迎着他们走过去，丁三看到他有些吃惊：没花去？

杜吉祥乐了，还是原来的丁三：你孩子？

丁三摩挲着孩子的头说：阎王，快叫叔——

你孩子叫什么？

阎王——啊，不、丁平。

杜吉祥抓住阎王这个名字不放：阎王？

呵呵，呵呵，呵呵呵，这小子跟我小时候一样，贼胆大，鬼都不怕……

杜吉祥彻底服了，悬起多年的一颗心放了下来：胆大好，世上本来没鬼，鬼都是人制造出来的……杜吉祥说不下去了。

多年以前，丁三决定回乡创业，他听从家人的意见，在选址盖房时请杜吉祥他们来给看风水。杜吉祥和他那班朋友喝多了酒闹玩儿似的给他看了个"鬼门"，等他们事后清醒过来，已经连后悔的缝隙都没有了。他们寄希望于这只是一种迷信的说法，当然，他们本是不信的，可做过之后，又半信半疑了。

那个晚上，自从懂事以来就一直暗自较劲的两个人说起话来少有的轻松，这是杜吉祥的感觉，没有包袱真好！

那落满手指的目光

童童细长的手指刚刚落到漂亮的布贴画上，就像被什么东西扎了一下似的缩了回来，她不自觉地朝左右看了看，四周空无一人，正是一天

中顾客最少的时候，连空气都是静止的。那么，这目光来自何处？

童童离开布贴画继续朝前走，那目光也跟着她一寸寸延长。童童在化妆品货架前站住，比较着哪种化妆品更适合自己。货架隔板上的玻璃镜片清晰地映出她娇好的面容，这是一张还带有学生气的脸，细眉秀目，小翘鼻子薄嘴唇，白里透红的皮肤光洁温润，用肤如凝脂来形容一点都不过分。童童知道自己这张脸不用化妆就人见人爱，可又有哪个女孩儿不爱化妆品呢？童童歪着脑袋把羽西、郑明明、兰贵人等仔细审视了一遍，觉得还是高丝更适合自己，就把手伸了过去。伸出去的手仿佛又被什么扎了一下，童童猛地一转身——什么都没有，冷清的购物大厅只有她和收银小姐，可这感觉又是如此真切，她不再流连，离开货架朝出口走去。

出口处，收银小姐的目光洒在她长长的手臂和束起的腰部，童童瞪了她一眼，侧身走过去。

——你好。一个二十三四岁高高大大的保安站在超市门口向她致意。

——怎么又是你？！童童欲转身离去。

——Sorry，男孩儿红着脸解释：我不是故意的。

——我是不是故意的？！童童摊开手给他看：你别盯我，我不是贼！

——你误会了，我没那意思。

童童委屈地欲言又止，躲避瘟疫一样飞快地逃进人群。

遁入人群的童童感觉背后那束目光一再延长，这一刻，她充分体验了四面楚歌的况味。

人不能错走一步，她不愿回想那一刻，但那一刻的情景就像被烙在意识深处一样。

同样是个寂静的中午，当她把那支精美的口红塞进口袋时，那束目光就跟定了她。奇怪的是那个男孩并没有指责她，或是"出卖"情报。口红在她心里燃烧起来，她却再也没有勇气把它拿出来，她不愿被人指斥为贼。这以后，再来逛超市好像这个男孩每次都在上班，仿佛时时提醒着她的耻辱，使她一伸手便觉自己行为不端。周围人的目光也充满厌恶和鄙夷，他们的表情都在说话：你是一个贼，枉长了一副好面皮。

贼——童童一身冷汗冲出人群,逃犯一样躲回自己的小屋。

童童再也不敢逛街,再也不敢进超市,就好似她脸上刺有黥刑。这样的日子沉闷而漫长,那落在手指上的目光刺得她心疼。怎么会是这样?我不是贼却做了贼才做的行径!天呐,以后的日子就任由它时刻烙烫着自己的心吗?不,不,我不能永远生活在耻辱中,我必须拯救自己!

两周后,童童又来到超市门前,来到正在上班的男孩儿跟前。男孩儿一愣,童童瘦了许多,似乎也长大了许多。童童不自然地笑着说:你能陪我进去吗?

男孩儿把疑惑的目光落在她笑得有些勉强的脸上,童童再次请求:陪我进去好吗?

男孩儿的目光柔和起来:好的。男孩做了个里请的姿势,童童把手背在身后,在男孩儿的注视下,童童就那样背着手在化妆品货架前转了一圈,什么都没选,走到收银台时,却从口袋里掏出一支跟上次一模一样的口红和一张百元钞票递给了收银小姐。口红上还贴着该超市的条形码标志。男孩儿一愣,随即会心一笑。收银小姐打出小票,又找给童童2元零钱。童童拿上钱和口红撒腿就跑。男孩儿紧追两步赶上她:你跑什么?

谢谢你。童童红着脸说。

男孩笑着摇摇头:谢什么?

你是保安,为什么不抓我?

我知道你不是故意的。

童童一愣:你不怕我再……

男孩儿又笑了:我相信你是个好女孩儿,爱美的女孩儿心里一定也很美。

童童的眼泪刷地流下来,这晦暗的一页终于翻过去了!她长长地舒了一口气:下次你还会陪我吗?

只要你愿意,我会一直陪下去。

童童放心地笑了:知道吗?我挺恨你的。

男孩儿意外地看着她：为什么？

我真想罚你。

男孩儿更晕了：罚我？

是。童童莞尔一笑：罚你一辈子陪我逛街啊！

男孩儿恍然大悟，脸一下子涨红了。在童童轻软的目光注视下，悄悄把手伸过去，轻轻挽住了她的胳膊。

何 娘 子

何娘子：男性，市医院肛肠科大夫；特长：痔疮切除手术；业余爱好：摄影。

本市有闲人士对何娘子与著名京剧票友青衣演员郝大力有过一比：从穿着打扮上，郝大力更胜一筹，他的首饰是一般女人都很少能戴出去的；何娘子身上不会装饰那么多零碎，他上班时间白大褂，业余时间摄影背心，只是比别人多了遮阳帽、口罩、手套、面巾纸、湿巾。但在生活细节上，郝大力就明显逊色多了。何娘子对细节的要求不只是严谨，应该是精到刻板了。那天小曹领人找他去看病，他就把小曹领去的人挡在了门外，只把小曹一个人放进来。小曹抬屁股往床上坐，何娘子尖叫着制止他，小曹头皮发麻直愣愣瞪着他，惊问：怎么啦？何娘子飞快地从衣架上取下白大褂，戴上白手套，仔细地把每一个手指拉平，然后打开橱子，从里边取出一张报纸铺在桌边的椅子上，声音细细地说：坐吧。

小曹不明底里，何娘子莞尔一笑：洗床单怪麻烦的。

小曹鼻子差点儿气歪了。

小曹咽了一口气,就开始说外面病人的事。

何娘子挥手制止了他:等一下,我先吃早餐。

小曹咽下嘴边的话,再咽下一口气,等他细致地解决早餐问题。

何娘子从手提包里取出一袋鲜奶,看了看小曹又取出一袋,用开水泡热了,然后从橱子里取出一把专用镊子,夹起一袋来送到小曹面前,小曹瞪大眼睛看着他,何娘子郑重其事地告诫:自己咬开,不然不卫生。

小曹接过来,"叭"给他扔回饭盒:你快点儿,我不喝。

小曹压着一口气看他吃饭。他用酒精棉球反复擦着手指和指缝,确认干净了才坐下来,轻轻嗑开奶袋的一个角,喝一口啜一口,然后只用两手的拇指和食指捏住面包袋口优雅地一搂,撕开一个三寸来长的口子,他就翘着兰花指撕着面包一点一点往嘴里送。小曹看得火气,恨不能上去一下给他塞到嘴里,一个面包一袋奶,三两口的事,他却吃得气象万千。小曹看他咽下最后一口,拿出纸巾来擦拭嘴角,就迫不及待地站起来把他拽到门外,何娘子被他拽得筋斗趔趄,不高兴地抗议:讨厌,人家还没收拾呢!挣开小曹的拉扯回来戴上双层口罩才不紧不慢地走出来。

这个上午,他又完成了一个非常漂亮的手术。

为了答谢他,小曹在医院对过的三元大酒店请他。落座前,他硬逼着服务员在他的监视下重新把餐具消毒一遍。谁知饭吃到半截上他还是吐了。他左手拿餐巾纸捂着嘴,右手食指点着刚上桌的尖椒肥肠变颜失色地诘问:你、你们怎么能要这个菜呢?!脖子一伸就要吐。小曹急忙把他拉出去,吩咐服务员赶紧撤菜。

何娘子这外号是工会主席于桂花给起的,不想一下就叫响了。之后人们就忘了他的大名,只记得他这外号了。你打听何亚平不见得有几个人知道,但要问何娘子,医院的人都会指给你他的去处。

五一劳动节前有一个职工新世纪风采展,于桂花通过小曹请来何亚平给劳模拍照片。拍到铸造厂机修工丁师傅时,何亚平犯了难。丁师傅清瘦的脸和干裂的嘴唇怎么拍都不出效果,何亚平端详着丁师傅调整好

角度，取景框里丁师傅的嘴角耷拉着，何亚平抬了下头，对丁师傅说：舔一下嘴唇。丁师傅不明底里，舔了一下。再舔一下，何亚平微觑着眼睛吩咐。丁师傅就又舔了一下。舔一下嘴巴，何亚平的眉毛向上挑了挑。丁师傅哧溜哧溜连舔两下，何亚平奇怪地问：你在干什么？丁师傅"噌"就站起来了：你干吗不让我一起舔了？何亚平吓了一跳，委屈地解释：我想看效果嘛！

站在一旁观看的于桂花再也憋不住爆笑起来。

事后，在给他们结劳务费时，于桂花就冲小曹说了句你们那何娘子有意思啊！

何娘子就这么名声在外了。

小曹跟何娘子沾亲，何娘子娶了小曹漂亮的表妹，小曹就成了何娘子的大舅哥，所以不管是表妹有事还是何娘子有事，小曹都有推卸不掉的责任。

眼下，小曹就正作为和平使者受姨妈的派遣走进何娘子家。

何娘子看到小曹进门，赶紧拿了张报纸铺在地上。小曹跺了跺脚，何娘子感激地说：不好意思，还麻烦你来给我们解决家庭纠纷。

小曹看表妹一脸鄙夷的表情就明白怎么回事了，他把脸扭向何娘子：什么狗屁事，整天男人不像男人的，你挺起点脊梁不好吗？！

挨了训斥的何娘子并没有挺直脊梁，不久后的一天小曹又受姨妈指派到派出所去捞他，进门那警察哥们儿就乐了：你这亲戚，真熊包！

小曹问：你们打他了？

没有，一杯水他就全突噜了。

小曹交了罚款领着他朝回走，何娘子委屈地在他身后嘟哝：他们打了我一个耳光。

小曹看都没看他：我还想打你一个耳光呢！

何娘子惊呼：这怎么能怪我，全是你表妹背着我干的！

那也是你默许的。

何娘子翻了翻眼皮没吭气。

没过两天，姨妈就又大呼小叫地找小曹，叫他赶紧过去看看。你表妹两口子又打起来了,何亚平竟然把你表妹打了!姨妈气愤地说。

小曹听到这里扑哧笑了,何娘子终于像个男人了。

这次小曹进门何娘子没像往常那样战战兢兢,倒是表妹受了多大委屈似的扑过来:表哥,他打我——

小曹推开她:你该打,你胆子大得都没边了,你是不是想把他送进去啊?!

训斥完表妹,小曹憋不住笑着朝何娘子竖起了大拇指:不错,这还像个爷儿们!

何娘子脸刷地红了,掩口而笑,嗔道:表哥,瞧您说的!

第二辑

行走

盛开的紫藤萝

我将要叙述的是五十年后的事情。

现在还是五十年前,梅子刚刚大学毕业,又考上了研究生,但表姑没让她去。表姑跟她说我上年纪了,有些力不从心。梅子张了张嘴,她想说读研究生可以不用家里的钱了,但她没说出来。她看到表姑的神情里有一种完成大业,只等收获的意思,就把话咽了下去。梅子也知道靠施舍过日子要看施主的耐心,现在施主的耐心已到极限。表姑能供给她到大学毕业已经十分慈善了,梅子也不能不承认自己在众多失去父母的孤儿中是幸运的。但是梅子内心里总是隐隐地有一种恐惧,她恐惧自己势必要走入知恩必报的窠臼,成为小痞子表哥张扬的牺牲品。

五十年后的这个春天阳光灿烂,古阳小城街道两边的泡桐开着紫色的花朵,有几枚零落着掉下来,精灵一样扑向大地。梅子手摇轮椅缓缓穿行其中,她小心翼翼地躲避着,努力不让自己的车轮碾碎其中的哪一个。现在的梅子已经是风烛残年的老人了,她灰白的头发在微风中飘飞着,极无力的样子。梅子的目标是公园西南一角,那爬满紫藤萝的九曲迴廊。今天是梅子七十六岁生日,她没让儿子跟随,也谢绝了儿媳的好意,甚至也没去看表哥张扬的眼神,她独自一个人出来,她的生日今年她要自己过。

到了,那一片绿意葱茏的葛藤植物,看到它,梅子就想起一句诗:离情恰如春草,更行更远还生。梅子把轮椅摇到那株骨节突出弯曲盘绕

的藤萝下，柔柔细细地抚摸着它鼓突的骨结，多少年了，它也老了，老得就像我们变形的四肢。梅子的眼泪流下来，自从成为表哥张扬的妻子以来，她经历了多少无奈，那一颗活泼泼的心又跌碎了多少次，她早已数不清了。有时她想生活就是由一个无奈又一个无奈串起来的，你挣扎得越暴烈你的心死寂得就越迅疾。五十年来，从第一次挣扎开始，她就走入了一个挣扎的怪圈，当表姑告诉她希望她嫁给表哥时，她表示了反抗，她说表姑你让我干什么都可以，就是别让我嫁给表哥，我只把他当做表哥，从来没想过别的。表姑说我只这一个心愿，这么多年了，我看着你们长大，你表哥也喜欢你。

　　近亲结婚不好。梅子抛出最后一个理由。

　　这算哪门子近亲？我跟你爹早出了五服了，原则上我们只不过是一个姓氏的村邻！表姑坐在沙发椅上，剥着一颗紫色的葡萄，那葡萄的泪珠水一样在表姑的手上蜿蜒，片刻就被她吞进嘴里。梅子觉得自己的心随着那枚破损的葡萄一同被吞了进去。

　　梅子的第二次挣扎是拒绝同表哥生孩子，她在埋葬了爱情之后不想再为下一代制造不幸，而且从根本意义上，她爱孩子，她就更不能把自己的不幸传给孩子。梅子是执拗的，很多时候她在痛恨着自己，她恨自己逃不脱软弱，更逃不脱善良，逃不脱美德。表姑看出了她的心思就说趁着我现在还能跑能颠，你们赶快要个孩子，我好帮你们把他带大。梅子说不急，我现在的研究课题正紧，等……

　　只要你不打别的心思就行，再说怀孕离生孩子还远呢？表姑冷冷地看着她：张家不能在张扬这一辈上断了根！

　　梅子只好再一次牺牲自己的意志，为张家生下一脉传宗接代的根。到这时，梅子已经不想再挣扎了，看着活泼可爱的儿子，梅子也曾产生过常人做母亲的幸福。她想也许命运如此，也许我不该出生，也许我不该进入这个家庭。假如当初表姑不收留我，我就做一个流浪儿，做一个村姑，是不是没这些烦恼？或许会按自己的意愿，嫁一个没什么出息却爱自己自己也爱的男人，虽清贫劳碌，一家人其乐融融……唉，不想这些了，梅子摇摇头，她已心如死灰。人啊，不能多思，多思必痛苦。

那落满手指的目光

就在她把所有希望都抛弃尽净，只剩下一具物质的躯壳之后，有一天她就在这个地方碰到了那个男人。

那是个紫藤萝盛开的季节，那满藤绽放的紫色湿润了梅子的眼睛，它们的灿烂刺伤了梅子的心，连花都有展示自己生命热烈奔放的时候，我却不曾娇艳、不曾怒放，甚至不能盛开！梅子的涟涟泪水全部滴在旁边一个人心上，他已经观察她很久了，这个沉静哀婉的女人让他心动，得有多少忧伤才能让一个智性优雅的女人对花垂泪啊？他对着她走过去，把一包纸手帕塞到她手里。

以后每到这个季节他们都到这里相会，梅子也曾想过逃出那个地狱一般的地方，但她怕表姑的眼睛。表姑虽然老了，甚至花得看不清什么了，但射向她的那一束目光仍然让她不寒而栗。梅子的苦难就像一个海，迷迷茫茫，无边无际。

表姑去世的那一天，梅子痛痛快快地喘出一口气，她想我的苦难终于结束了，从今往后我可以为自己做主了！她打定主意，办完丧事就去跟表哥离婚。然而，还没等她把这口气喘匀，表哥就病了，梅子的天空一下子又暗下来，她不知道是表哥故意，还是她命该如此。

好了，现在一切都好了。表哥终于康复了，梅子的生命也走到了尽头，她想在跟死神握手之前完成一个心愿，一个在此时此刻唯一的心愿，她要为自己做一件事，替自己的生命做一次主，她已经跟儿子说好了，媳妇也善解人意，只是表哥……梅子摩挲着那光滑遒劲的紫藤萝躯干，泪水模糊了双眼。

梅子在弥留之际终于拿到了法院的离婚判决书，当儿子把那张纸拿给她看时，梅子眼睛亮亮地闪了一下，尔后便永远地闭上了。

儿子按照她的遗嘱把离婚证和她的骨灰一起埋在紫藤萝架下。

第二年紫藤萝开得异常热烈，这一年看花的换成了表哥张扬。

行　　走

我要走到世界尽头去，从今天开始。

其实很早我就开始了这种行走，只是以前我没注意到。

十五年前的那个夜晚我开始了第一次行走。那是个新月如钩的日子，我被父亲牵着手，头上的月牙儿跟我一起迈着细碎的步子，我仰着头比较天上的月牙儿，那时麦子刚刚开花，满世界毛茸茸粉嘟嘟的白，我没看出月亮和月亮有什么不同，它们是一样的清冷，只不过一个在城市一个在乡村。

那个夜晚天上的月牙儿陪我到了一个新家——父亲的家，迎接我的是一双左热右冷的眼睛，看到这双波斯猫一样的眼睛我打了个寒战，她的脸就像涂了一层油彩，大红大紫地笑着，父亲摇了摇我的胳膊，说，这就是你妈。我后退了一步，月亮跟着后退了一步，妈脸上的颜色也退了一步。父亲又摇起我的左臂，那个父亲让我叫妈的女人开了口：别勉强孩子，她还不习惯。父亲松开我的手，我就不再被勉强地丢在屋地上，妈那个女人端来了温水和毛巾。

娘被丢在了农村，娘在我扯着她的衣襟不放时掰开了我的手，娘说娘不是不要你，娘要你过好日子。娘说农村人没出息，你去城市吧，城市的女人不会被丢掉。于是我就跟着父亲到了城市。

可是城市离我好远啊，我走了十五年都没到达城市的心脏。

那年我七岁，到达父亲家的第二天我才知道我还有一个比我小两岁的弟弟。

人们都说我摊上了一个好妈，从我第一天走进父亲的家，妈那个女人就开始了她无微不至的收容。凭良心说，妈那个女人很爱我，我的衣服总是同龄人中最好的，就连弟弟都不如我穿戴整齐。妈那个女人从不教训我，不给我颜色看，即使我犯了"滔天大罪"——故意摔东西或当着客人的面说她不是我妈——她照样对我笑。而且妈那个女人总是丢下上幼儿园的弟弟先去接我,然后带着我一起去接弟弟。幼儿园的阿姨总说我有福,妈那个女人矜持地笑着,但我觉着那笑很累。

这个时期我很怕夜晚,躺在床上我总是寻找伴我走向城市的月牙儿,但月牙儿被城市的高楼挡住了。我安静地躺着,躺在没有月亮没有星星也没有声音的黑暗中。弟弟又在撒娇了,他像小老鼠一样在房间的角角落落里弄出声音,那声音离我那么近又那么远,因为妈那个女人总在提醒他别吵了我。我感觉自己的血热了又冷了。

无数个夜晚我回忆起娘的脸,娘的脸不像妈那个女人那样光鲜矜持,娘的脸生动,娘不高兴了就会举巴掌,喜悦、愤怒、落寞、悲苦、哀怨、厌恶……娘脸上的表情千变万化,丰富而亲切。妈那个女人脸上是化好妆等待演出的那种冷静的热情,她灿烂地笑着,同时也拒绝着,那表情里包含了距离。我总觉得她很累,僵僵地总是一副表情。妈那个女人累我也累,妈那个女人把我当客人,她规定了我的角色,我也只好把自己当客人——父亲家里的客人。做客人有很多禁忌,我看妈那个女人脸色背后的内容,妈那个女人就揣测我的心。我知道妈那个女人也试图真爱我,但那爱是冷的,需要回报且有节制的。

我长大后,他们开始怀疑我得了自闭症。父亲很着急,他说我该有一个家了,于是妈那个女人就一个接一个朝家领年轻人,先是父亲和她的单位的,然后是弟弟的同学同事朋友,再后是弟弟的女朋友的同学同事或朋友。这些男孩子来时我多半躲在自己屋里看书,他们若是硬把他们塞进我的房间,我就用博尔赫斯、克尔恺郭尔、伊壁鸠鲁、犬儒主义或"他人即地狱"等言辞把他们打发走。我害怕接触,接触就是伤害,我已经被伤害得够深了,弟弟偶尔学着时下年轻人的语言方式说我姐这才真叫酷毙了呢。后来有那么一天,我碰到了郁严,郁严的出现标志着我的第二次行走开始。

那的确是个应该纪念的日子,郁严带着一阵风抵达我的心灵,他的眼睛是热的,他不许我离开他的眼睛,他说看着我,我告诉你,既然你始终生活在地狱,那就不怕再到地狱走一遭吧。我不是诗人但丁笔下的

贝雅特丽齐,我不能拯救你,你得自己走出来。我看着他的眼睛笑了,我听到了他心脏不规则地跳动,就把手伸给了他。这时我感觉父亲和妈那个女人在另外一个房间长出了一口气。

郁严的确没有拯救我,他在某一天消失了,带着他的痛和快乐,那时他的心跳已非常正常。郁严走了,我的第三次也是最后一次行走开始了。我背起了行囊,流浪是我最后的故乡,我不需要伴侣,我在陌生人中间行走,走到世界尽头。

画家王遨和准画家吴东

王遨昨晚跟他大字不识一箩筐的老婆生了一夜闷气,早晨起来就准备东西进山写生。他先到鞋店买了八双厚底休闲鞋,其中包括他儿子的两双。当他背着一编织袋子鞋(编织袋子是服务员到隔壁书店里借的)朝鞋店门口走时,碰到的都是惊异的目光,王遨读懂了大家的目光,就说我不批发,我送人,这些还不够呢!

第二件事就是给吴东打电话,告诉他准备明天起程。吴东握着话筒愣了:你不是刚回来没几天么?

是,那就不能再走了?

不是……吴东犹豫着:过了中秋行吗?我还没请假呢。

放下电话就去请。

哪么那么好请啊,我们这里不像你们……

你想不想去?王遨听他在电话那头磨叽,顿时火起,不等他说完,抢白了一句,咔——放了电话。

吴东举着话筒愣了半天,心里的火气也一股一股往上冒:什么人呐，解释都不听一句！我的工作是说走就能走的？像你画院，一年半载不上班也没人找。我这儿一会儿都离不开人，这个找那个寻的，工作堆得像山，上厕所都得一溜小跑，这么突然地去请假，哪个领导能准？再者说了，我辛苦了大半年，眼看中秋节就到了，正是坐收礼品的时候……吴东越想越气，这种人，怎么一点儿人情道理都不懂啊。

　　气过之后，吴东还是到主任面前软磨硬泡地把假请了下来。主任之所以请给他假，首先是这一段工作还不是那么紧张，再就是市政府刚发了红头文件，强制休假，另外还有一点儿对艺术的偏好。这些东西综合起来就成全了吴东，但吴东并不高兴，也找不到一点儿即将远离工作岗位的轻松与惬意。

　　王遨放下电话也有些后悔不该那样对待吴东，虽然吴东在艺术上远不如自己，但他毕竟是自己的朋友，更何况他还在那样一个纪律严谨的机构做公务员呢。王遨拿起电话，想给吴东解释一下，抬头却看到老婆木呆呆地瞅着他，王遨的火气又噌地冒上来，摔了电话，回身把自己关进了画室。

　　这个家是越来越待不下去了，只要看到老婆那张脸，那表情，那木呆呆的眼睛，他的气就不打一处来。其实昨晚也不为什么大事，世乒乓赛中国队跟韩国队打得正激烈的时候，收拾完厨房进屋来的老婆问了一句：这是哪儿跟哪儿打呀？王遨随口告诉她，老婆看不出个所以然来就又出去收拾屋子，再进来时比赛已经结束了，老婆顺嘴问了一句：中国胜了，还是辽国胜了？就是这一句话把王遨所有的悲哀都勾了上来，他的家庭、他的婚姻、他的疾病等一切都让他窒息，这房子就像一个巨大的坟墓，如果不冲出去，他就将被这样的生活埋葬……所以，他就抵制着再也没给吴东打电话。

　　吴东在王遨指定的时间赶到车站时，心里还憋着一口气。他老婆李丽一听说他在节前出去写生就跟他吵了起来，李丽说你要把这份执著用在正事上，你也早不是今天这个样子了，你那艺术天赋简直微不足道，画了十几年，也没画出个什么名堂，酸腐虚荣的毛病倒添了不少！你说你一个画花鸟的，哪儿找不到写生对象啊，非得跑到山沟里去不可？

吴东咕哝了一句"山里有灵气",李丽突然怒视着他啐了一口:呸!灵气?傻气吧!聪明人有几个节前出门儿的?正是走关系的时候,求你的给你送礼,你给上边送……

凭良心说,李丽说得不错,身处行政单位,要想进步或是不被大家疏离,这些都是必不可少的。但让吴东痛苦和徘徊不定的是,他既不喜欢这样的生活,又离不开这样的生活。人都是虚荣和需要别人仰视的,在人群中,有人需要你,说明你有价值。吴东也想过像王遨那样纯净的生活,可他知道凭自己的天分,他靠卖画不能养家糊口,更不能让自己鹤立于众人之上,被人景仰着的。所以,画画一方面满足了他的虚荣心,另一方面也让自己的心灵得到某种净化;而单位里那个小小的职位又带给他不小的经济利益与高人一等的身份感,因而他就这么脚踏两只船的横跨在两个行当里,既得经济实利,又得风雅之名。所以李丽说就说吧,他知道,李丽还是比较通情达理的,她说归说,但从不强行阻拦。果然,他这边一示弱,李丽就缄口不言了。再过了一会儿,就开始帮他收拾东西了。

吴东见面白他一眼,王遨乐了:你不说请不下假来吗?吴东拎起画夹就走,王遨一把拉住他:既然请下来了……你是不想进步了,怪不得人家说你起步很早,进步很小呢!

吴东没脾气,他学画没拜师,自己摸索,就走了许多弯路,至今还是一个业余水平。之所以这么忍气吞声,也是想从王遨身上学点东西。吴东岔开话题问:买票了吗?王遨摇头,吴东叹一声,扔下包买票去了。

他们就这么吵吵闹闹上了车,吴东给王遨算自己的经济损失,除去送礼不算,还有出版社要的一张画,王遨对画避而不谈,逮着他的腐败问题大加挞伐,吴东知道自己说错了话,就将错就错激他:你是不是眼馋啊?你得不到也不让别人得到,是不?王遨真就被激得恼羞成怒,指着吴东问:你还要不要脸?拿着不是当理说,别人的东西就那么好吃好用啊?小心咬了手!吴东哈哈大笑,王遨这才知道自己上当了,眼皮一翻,坐到一边不理他了。

到了山沟里两个人照吵不误，吴东的手机一个短信息接着一个短信息响得王遨心烦，王遨最看不上吴东夫妇间那种黏糊劲儿了，那么大年纪了，还像刚恋爱的小青年，一点儿都不稳重。吴东也知道王遨的致命内伤，但他不是故意要气他的。李丽是一个既现实又不乏浪漫的人，所以他们的情话就特别多，尤其是在分开的时候。王遨拽着马扎子离开他，吴东就笑眯眯专心致志地跟李丽打情骂俏。所以半天也没画几幅。晚上王遨就开始批斗他，任吴东怎么虚心求教都不开口。第二天又重复着第一天的情形，这晚在吴东虚心到有些谄媚时王遨才面无表情地说了一句：今天这个不错。

是么？吴东心里没底，就跟着问了一句。

王遨再翻一下眼皮：比昨天的叶子大多了。

吴东一口气没上来，拎着马扎子出了屋，再也不跟他说话了。

接下来的一天，他们较着劲儿的淘宝，吴东喜欢奇石，王遨中意朽木树根，吴东弄到了一块花纹精美的石板，王遨挖到了一棵枝丫遒劲的杜树，他们都宝贝似的向对方炫耀，又都不服对方的眼光。两个人吵到最后，王遨负气地说：从现在开始，我不跟你犯话，你也别跟我说，谁先说，谁明天不许吃饭！吴东也气了：好，一言为定！

这样两个人憋了一晚上又一早晨，吴东心软了：王老师，我求你，你别生气了。大老远我跟你出来了，你怎么也得教教我吧。

你今天不想吃饭了？

好，只要你肯教我，我就不吃了。吴东一脸虔诚，王遨也把面部表情缓和了。吴东说王老师，有句话憋在心里很久了，总想跟你说……

说啊，干吗那样？王遨看吴东那表情如丧考妣，不知道什么事让他这么痛苦。

我说了你可别生气啊？

这事跟我有关系吗？——哦，不生气。

那我可说了啊？看王遨点头，吴东憋足了劲儿说：如果你觉得跟嫂子实在无法沟通了，你可以……

说什么呢？！你以为我跟你们似的，拿着婚姻当儿戏！

话已经说出来了，吴东也就没有什么禁忌了：反正你得改变，不改变你们的婚姻，就改变你的心态。

王遨惊愕地僵在那儿，呆愣了半天才回过神来，翻他一眼，自己拎着马扎子出去了。

吴东跟出去，踢了一脚门边的树墩子：你老弄这些玩意儿没用！我不能永远陪着你，就是有时间也不能，你的坏情绪会把所有快乐和幸福都拒之门外的。

这次王遨破天荒没反驳，吴东小心翼翼地看了看他的面部表情，回屋睡觉去了。

转天，王遨决定回去。吴东不解地看着他：这才几天啊？

你走不走？王遨的脸又黑下来。

吴东好脾气地连声答应：走走走。

收拾东西时，王遨把带来备用的三双鞋都留给了房东。

傻柱子的世界

傻柱子真傻，弱智。

傻柱子没有痛苦，整天乐呵呵的。傻柱子不像阿甘那样动手能力强，还经常用他并不发达的大脑思考问题。傻柱子不会这些，傻柱子有一身好力气，只会下死力干活。

那天傻柱子感冒了，眼睛红红的，嘴上起了燎泡，背着一筐鲜草在村街上走，五爷碰到他，他喊声五爷，五爷觑着眼仔细瞧了瞧，说：柱子，上火了。傻柱子两眼一眯，嘴角上翘，露出一口被无数碗红薯粥光顾过的黄牙，呵呵呵呵乐着说：五爷你逗我呢，上火不就烧了我吗？五爷咳嗽两声，说：多喝点儿水，败火。说完背过身去走了。傻柱子盯着五爷的后背，茫然不知所云。

　　傻柱子从小无父无母，跟着堂兄过，三十大几了还未娶上媳妇，闲了人们逗他想不想要媳妇，傻柱子嘿嘿嘿嘿乐，不说话，问多了，脸上就恼恼地现出一片红云，理直气壮地告诉人们：我哥说我还小呢！

　　傻柱子的唯一爱好就是看电影。那时公社有一个放映队，说是放映队，其实也就是一台机器两个放映员，一个是正式的，一个是临时的。爱看电影的傻柱子就成了编外的第三名，他不会放映，只管帮两个放映员埋杆子。银幕是一块白布，在哪个村的哪块场地放映，就在哪里埋上两根木杆子，一头一根扯住幕布。扛杆埋杆是累活，两个放映员干着有些费力气，爱看电影的傻柱子不声不响地就给承包下来。公社一共分七个大队，每个大队放映一次，一部片子轮过来正好一个星期。放映员老李和小陶每个星期的星期一到县城去换一次片子，换片子这天傻柱子早早就等在去县城的路口，眼巴巴望着那条土路。一看到老李带铁皮盒子的自行车，傻柱子就惊呼一声迎上去，急急地问：换了？这时小陶爱逗他，绷起脸一副无奈的表情说没换成。傻柱子的眼睛就有些茶呆，老李赶紧说他逗你呢，换来了。傻柱子立刻破"呆"为笑，呵呵着说是有小媳妇的吗？小陶皱了皱眉：这回是小脚的。傻柱子低头看看自己的脚，足有一尺长，他用大拇指抠着地上的土疑惑地说怎么还有小脚？小陶哈哈乐起来，傻柱子白他一眼，他从心里不高兴小陶的笑，埋完杆子就走了。

　　傻柱子朝村街走的时候，碰到他的人们就会问：柱子，今天晚上在哪儿演电影啊？傻柱子回答了，他们就再问：这回的片子好看吗？叫什么名？傻柱子一一回答。这时候是傻柱子最风光的时候，傻柱子愿让人们问，你想啊，大家的欢乐都装在他一人心里，那还不是最风光的事吗？！

　　傻柱子看电影不烦，他不只在自己村看，还转到其他村子去看。一部片子他从星期一看起，一直看到老李小陶他们把片子送走，迎来第二部片子。傻柱子看电影时总是第一个去，最后一个回来。他最爱看的电影是《卖花姑娘》、《女跳水队员》，还有《羊城暗哨》、《秘密图纸》什么的，他看了那么多遍就是弄不明白那么漂亮的女人怎么非去当特务不可？

而且还那么——神秘。傻柱子追着小陶问：你说她漂亮吗？小陶瞅着傻柱子一脸糨子的表情就说当然，女特务总是一个赛一个漂亮。傻柱子不高兴了：为什么不是丑女人？小陶瞪他一眼：特务能是随便什么人干的？丑女人——哼！其实小陶也说不出个所以然来，所以就用鼻子鄙视傻柱子一下让他住口了事。傻柱子从小陶口里知道了特务的不简单，特别是女特务更不简单，心里不免生出一些遗憾，还有一些希冀。

傻柱子看的最后一部电影是《红牡丹》，那个骑在马上英姿飒爽的漂亮女人让他如痴如醉。傻柱子第一次看完《红牡丹》回来就说红牡丹漂亮，红牡丹不是特务。他手舞足蹈地学着红牡丹侧身上马的姿态，口里念念有词。人们就逗他，说：柱子，你喜欢红牡丹啊？傻柱子呵呵呵呵乐，人们接着问你要是喜欢，我们就跟老李说说，不让他换片子了。傻柱子还是乐，人们又说柱子是不是想要媳妇了，像红牡丹那样的？这回傻柱子没乐，也没说自己小，而是乜斜了人们一眼，转回身追逐他的电影去了。

最后那个夜晚是在村西的麦场里，这也是《红牡丹》在这个公社最后一次放映。也许是打了一天坯的傻柱子太累了，也许是这些天他太紧张了，傻柱子看着看着就睡着了。早晨起来拾粪的五爷看到场里有一团黑，隐约还有一种声音，这在春寒料峭的三月的薄雾中让他感觉怪异，五爷警觉着慢慢靠近，一团黑色中裹着的是傻柱子，五爷长舒一口气，弯下腰推了推，傻柱子愣愣怔怔抬起头，五爷说柱子，回家吧，电影早散了。傻柱子抬头一看，杆子和幕布都不见了，他的脑袋嗡地一下子涨成老大，慌慌张张站起来：怎么，怎么……

这是五爷最后一次看到傻柱子，很多天以后，人们在村东的小河里发现了傻柱子的尸体。傻柱子脑袋朝下扎在河泥里，屁股指向天空。人们很奇怪他这种死亡姿态，不知道他是在寻找什么，还是被什么突发事件定格了（这也是人们从电影中学到的电影语言）。打捞尸体时人们费了些力气，傻柱子的手固执地抓着一件东西，人们怎么也掰不开，后来不得不搬开压在上面的石头，捞起来一看，人们整个惊愣了：傻柱子手里紧紧攥着的是一双用蓝布褂子包起来的红色灯芯绒偏带布鞋。

城市多了一个人

这个城市突然多了一个人。

吴可发现这个城市多了一个人,是在一个阳光明媚的中午,暮春那种暖洋洋懒洋洋的感觉控制着他,他萎靡不振地弓着身子在城市的马路上晃荡着。树荫下的光线突然亮了一下,吴可像被什么击中了一样警觉地侧身看去,只一眼便立刻挺直了身子。

他再次把散漫的目光聚拢起来,就看到一个清雅干净的女人飘逸而过。吴可的眼睛一下子直了,心脏也有几秒钟的间歇,之后是不规则的狂跳——脸通红着,头变得老大,呼吸急促,大脑一片空白。

按说,在一个拥有几百万人口的城市,多了一个人是不会有什么感觉的,空气不会因为多了一个人的呼吸而变得稀薄或浓重,街道也不会因为多了一个人的行走而变得拥挤,蝴蝶理论在这里是不适用的,太平洋东岸的蝴蝶拍拍翅膀,太平洋西岸也不会刮起飓风。在这座城市里多了一个人掀不起那么大的风浪——人在人群中是最微小的。然而这件在别人可能毫无感觉的事情对吴可意义就非同寻常了。

吴可这年30岁,应该是立业的年龄,也早该成家了。但吴可既没成家,也不曾立业,他还是一个打工者,过着朝八晚六的刻板生活,连一块立足之地都没有,租住在垃圾场一样的都市村庄一个阴暗的房子里,整天跟成群结队的蚂蚁打仗。所以很多时候,他是宁愿在大街上流浪,也不愿回到蜗居的"家"的。

吴可眼睛一瞬不瞬地盯着那个女人,直至对方拐进一个大门,他才紧急刹车似的收住自己的脚步,愣怔怔地看着她消失在眼前陈旧的大楼里。

也不知过了多长时间,吴可才如梦初醒,魂兮归来,他抬腕看看表,急急忙忙上班去了。

自此,吴可在工作之外多了一项比工作更有意义也更吸引他做的事

情，他也更喜欢在大街上流浪了，他不再茫无目的。每天他都等在与她初次相遇的路口，看着她穿过人流款款而来，飘然而去。他在等待她出现时心里总是经历着一场能量消耗巨大的冲浪运动，他先是望眼欲穿地捕捉着那个让他心旌摇荡的身影，一俟那身影在他的视野里出现，心跳开始加速，在她从他身边走过时，他的心跳速度达到顶点——那几乎是不能呼吸的速度了，如果不是紧闭着嘴唇，恐怕他的心会从胸腔里蹦出来。而随着她的渐行渐远，他的心跳速度逐渐回落，代之而起的是惘然若失的情感之流，苦涩着他的喉咙他的心。

这种既甜蜜又痛苦的感觉煎熬着他，他几次想制造个机会与她相识，但想想又放弃了。那种刻意为之的东西无论做得多么天衣无缝都是不自然的，起码在他心里感觉那是一种欺骗。但是别的事情还是可以做的，比如打听她在什么部门工作，具体做什么，甚至有什么身世背景。

功夫不负有心人，时间不长，他就用一包云烟和几次公话在修车摊和小卖部打听到她的基本情况：出版社图书编辑，扬州人，研究生学历，业余写作。他们知道的也就这么多，修车的李师傅扎煞着两只油手喷着烟口齿不清地告诉他：那人不爱说话，这有几个月了，我就听到过一句——好的。吴可失望地垂下眼睑，小卖部的刘大姐接过话茬：你也别打听了，没戏，那姑娘是天鹅，高傲着呢！

这句话打击了吴可心底好不容易集聚起来的一点勇气和按捺不住的渴望，也许她只是我心里的风景，就像天上的星星，只能远观，而无法靠近。

吴可断然中止了对她的身世和现状的搜寻，而开始了另一种形式的迫近——遍览出版社出版的新书。既然无法从生活中接近她，就从思想上靠近吧。

6月13日是个美丽的日子，吴可在一家新开业的图书城里发现了她们出版社的图书专柜。吴可努力辨识着可能是她做的图书，书本后边封底上责任编辑的名字就让他感到既亲切又充满遐想。他在可能是她的精神世界里遨游，他既感谢作者，又感谢出版社，是他们让他有了接近她的机会和可能。以后的日子读这家出版社的书成了他的必修功课，他读了这家出版社出版的所有图书,他拥有了一个比现实更广阔更繁复的世界。他沉浸在这个世界里,与伟人谈心,与不知名的朋友一起经历人生的悲悲喜喜情感的起起落落,久了,便集聚了一种力量,有了一种跃跃欲试的冲动。这份冲动挤掉了内心的畏怯,使他勇敢地拿起笔来——他想倾诉,他要倾诉,而且必须倾诉——水满则溢,积聚得太久太厚重了,他必须为自己的情感找一个出口,给自己的无助找一份依托。面对电脑屏幕,面对稿纸,就如同面对那个让他魂牵梦萦、让他幸福、让他痛苦、让他欲罢不能的女人,他的文字一如他的情感,一泻千里,奔流不止。

当他嗫嚅着把书稿交到另一个出版社时,一个编辑偶然的一瞥成就了他的理想——她被那文字感动着,一口气看完了全部内容,并很快签了意见。她没想到,这是一个与她息息相关的人演绎的真实故事;他也没想到,他千方百计要避开她的出版社,而选择的这家出版社的编辑竟是他魂牵梦萦的人。

他们就这样真实地相遇了,而这距离他们初次"邂逅"已经过去了二十几年。

线 珠 儿

线珠儿是一个活泼的农村女孩儿,她早年跟一名过时了的文学大师学习写作。文学大师没有教会她什么,反倒把她生活的胃口吊得高高的。她言必称文学,出口便是小说情节,张嘴故事,闭口评论。就连她看人的目光也越来越文学,比如她看到一个人乜斜着另一个人就说他在用反讽的目光看你;比如她背对着汽车行驶的方向坐着,就告诉别人

旋转的世界是逆向的；再比如某天清晨醒来她突然说男人的世界在烟斗里，他们的一生不过是从烟丝的这一头走向烟丝的那一头，他们在烟丝间散步，等等。她的话经常出人意表，村邻们常摇着头说：这孩子，跟人就是不一样！再加上她经常在报刊上发表些一两千字的小文章，线珠儿在村里人们的目光中就越发异样起来。

然而才女愁嫁，这是现实世界的真理。不知是哪位女性学者做过这样的推断：在男性中心社会里，女人找对象一般要找比自己高一些的（无论是才华还是身世），同理，男人也情愿找一个各方面条件都比自己低一些的。她给出了一个公式：优秀者ABCD……依次降低，那么A男找B女，B男找C女，C男找D女，以此类推，到最后，男人剩下的是最差的——D，而女人剩下的则是最优秀者——A。线珠儿在她们村就属于这种情况，优秀的男人和不优秀的女人都有了归宿，只剩下她三十几岁了还没着落。父母急，姐姐急，弟弟也急。父母说你别再高不成低不就了，日子怎么都是过；姐姐说爱情只在婚前，结婚以后就只有生活了；弟弟瞥她一眼：文学，哼！

线珠儿被他们说急了，拾掇了两件衣服去找她的文学大师，她气哼哼走到文学大师门口扑哧一声笑了：我这是干吗呢？搬救兵吗？让老爷子去跟他们讲文学与生活的关系？他们懂吗？开玩笑！线珠儿调整好面部表情，推门进去。

线珠儿再出来时更是一副胸怀大志的样子，文学大师虽然没能给她提供婚姻后选人，却为她执著的事业搭上了一架梯子。线珠儿兴冲冲跑回家，翻出自己的作品，抱上它去了省城。就这样，线珠儿成了文学院一名学生。

俗话说河里没有鱼市上看，在家很扎眼的老姑娘线珠儿到文学院一踅摸，像她这样的大龄女子多的是，她再也没有那种被人指指戳戳的感觉了，相反倒有一种为事业而献身的自豪。看着那些拖家带口的同行，她反而替他们惋惜：那么早就拖上一个大尾巴，多累啊！

线珠儿这种自豪感没多久便被由于远离而出现在已婚同学中那种小夫妻间的卿卿我我击碎了，特别是几个新婚的女生，她们等电话的急切与接电话的幸福，还有不时闯入耳朵里来的甜言蜜语都让她百味尝遍。线珠儿从开始羡慕她们，继而恨她们，发展到接受她们。线珠儿开始注意班上的男生和周围接触到的异性，线珠儿把这些人从心里过了一遍，结果真应了那位女性专家的话，剩下的男人多是残次品，她看得上眼的早已不是自由身，线珠儿感慨了半天，就觉自己命运不济，枉错过了好年华。

  线珠儿从心理上认可了自己的失败之后就开始用读书写作来排遣独身的寂寞，可教室里、甬路上、操场边、花圃旁到处都是对对双双恋人的身影，甚至就在她的课桌上，不知哪一位刻下了一首按李清照的《如梦令》改写的校园即景：昨夜饮酒无度，宿醉不知归路，误入校园深处，呕吐，呕吐，惊起鸳鸯无数。线珠儿浑身哆嗦着读完这首词，气急败坏地用不锈钢小调羹把它刮掉，刮得漆沫翻飞。她恨恨地想天下最耐不住寂寞的就是学生：他们怎么就那么绷不住劲儿呢？！她更不明白的是坚守了这么多年的自己也有点坚持不下去的感觉了，越是走在人群中越孤独，那种刻骨铭心的孤寂像一把钝锯，磨割着她的心，她的痛苦尖利而深彻。线珠儿感到了委屈，她眼泪汪汪心急如焚地期待着一段感情的降临。

  线珠儿身体出奇的好，就像一句广告词说得那样：身体倍儿棒，吃嘛嘛香。可就是有一样，别来假设。每到那几天，平时活蹦乱跳的线珠儿就像死人一样，脸色苍白地趴在床上，豆大的汗珠顺着扭曲的面部蜿蜒而下，吃药、打针、住院都不管用，各种偏方试了个遍，就是治不住。不知是谁实在看不过她的痛苦了，十分悲壮而又语重心长地劝了她一句：结婚吧，男人能治这病。

  线珠儿自打知道男人能治痛经之后就开始上心自己的婚姻大事，班上好事的女生和关心学生的老师也都被动员起来为她物色对象。然而婚姻不是萝卜青菜，想买时提着篮子到菜市场一转就能买到。婚姻是缘分，更是机会，遇到了就是有缘，错过了就是无缘。线珠儿走马灯似的看了一个又一个，但哪一个都入不了她的法眼。爱情没有遭遇上，每月的痛经仍如期而至，疼得死去活来时，线珠儿就狠狠地发誓：管它什么

爱情不爱情的，就是作为药引子，我也得赶紧找个男人嫁了。话虽说得坚决，这样的心思也不是没动过，但痛经一过，她还是坚守在最后的阵地上不肯放弃。同学们劝她不差不离就算了，天下男人一个德行。线珠儿说我坚持了这么多年，怎么也得找个随心的吧。可阴差阳错的，就没一个让她看着顺眼的走进她的视野。当然也不能这么说，有一个人早已走进了她的视野，但她与他注定无缘。

张健三十大几了还像个孩子，他长得白白净净，细胳膊长腿，一张娃娃脸上两只漆黑的眸子初生婴儿般纤尘不染。在这样纯净的人面前，你总感觉自己不干净。或许他太招女生爱怜了，就有那么几个男生整天捉弄他，今天书丢了，明天笔记本不见了，后天不知谁把他写得十四行诗冠以定语塞到某个女生的书桌里。女生看到诗还没脸红，他先脸红了。在男生们又一次把他的诗贴上邮票寄给文学导师江燕，江燕当众戏落了一顿之后，张健终于发火了。

发了火的张健不但没能找到罪魁祸首，反而又被男生戏耍了一番，男生们起着哄说他是泛爱主义者，大家异口同声地喊他情圣。张健一口不敌百口，臊眉耷眼地跑回宿舍，一气之下，发起了高烧。

线珠儿在人们戏耍张健时早已义愤填膺，听说张健病了，她忍无可忍地找到男生宿舍，她说欺负老实人有罪你们知道不知道？别看他高高大大的，他还是个孩子，你们怎么就忍心欺负一个弱者？！男生们面面相觑了半天突然问：你是强者还是监护人？线珠儿脸一红：两样都是！说完扭头去看张健。

张健看线珠儿红头涨脸地走进来，心里早已明白了几分。凭良心说，线珠儿不是一个漂亮女人，也不够聪明，但心地善良。应该说眼高不是坏事，爱情岂能马虎？张健也曾听人们念叨过她拿男人当药引子的话，人们是当笑话说的，张健却不是当笑话听的。一个女人被逼得说出这种话来该是多么无奈，她内心的痛苦又有谁去体谅？所以当一向快言快语的线珠儿一声不吭地坐在他面前时，张健窘迫地坐起来，从床底下抽出一个大纸袋，翻出里面的东西递给她：你相信爱情吗？线珠儿不解地接过张健递过的信件，张健说我信。线珠儿低下头去，抽出信纸，展开，一行行娟秀的小字映入眼底：这是——？——小盈，我们谈了八年恋爱，结婚五年，现在还像初恋一样……

别说了，我明白……

非常明白的线珠儿只能管住自己的身体，但管不住自己的感情，她不能不想张健，也不能不爱张健。没多久，线珠儿就瘦下来，脸蜡黄蜡黄的，仿佛生了一场大病，人也苍老了许多。有看出她心思的同学就劝她何必这么苦着自己，既然爱了就不要在乎名分和声誉，一个人一生能有这么一次刻骨铭心的感情已不容易，管别人说什么呢？线珠儿摇着头苍白地笑了。

毕业离校前的那个晚上，线珠儿醉了，她抢过话筒，泪流满面地唱起了新加坡电视连续剧《城市调色版》主题歌：从来不怨命运之错，不怕旅途多坎坷……千山万水脚步下过，一缕情丝挣不脱……唱完背起背包去了火车站。

大　　头

大头是同学们给李尧起的外号。李尧激素吃多了长走了型，勉强170公分的个子，倒有三尺多的胸围，就是腿肚子也比常人的腰粗，脑袋圆滚滚像个斗，从中间一劈分成两个人都不算瘦。不过人不可貌相，如此蠢笨的李尧诗写得空灵无比，字里行间透着一股诡谲气，很是博得了一部分女孩子的欢心。

可能是因为他长相太出众了吧，三十岁了还没找到对象。女孩子们谈起他的诗来也啧啧称赞，但一扯到建立某种关系就都退避三舍了。天才和天才的形象相去甚远，所以尽管月下老不时抛下红绳，可当倾慕者

一见到他这副尊容就都爱莫能助了。不过大头李尧并不因此而自卑，他相信最好的一个一定等在前面，不信你看——她来了。

面向我们走过来的是沈思齐。思齐是鲁院最特异独立的一个，她的特异独立不在穿着，也不在她的生活方式，而是她的面部表情。思齐永远都是一副平和的面孔，笑也浅浅，愁也淡淡。她身上有一股不怒自威的寂然，看到她你就会不由自主地平静下来，让自己由沉默而深刻。

大头爱上思齐就是因为她的深刻而神秘。大头经常跟同学们说艺术是需要表达的，而思齐不用表达就非常艺术。同学们见他整天把思齐挂在嘴边上就问他是不是爱上思齐了，大头丝毫都不隐瞒地说是，她是我心中的女神。

大头不仅不隐含自己的感情，而且还勇敢地付诸行动。大头把给思齐写的赞美诗贴在教室里，宿舍楼的过道上，甚至当面朗诵给思齐听。他截住正要下楼的思齐说：

姐姐

今夜我在北京

三朵昙花面前

三朵温顺的小猫和瓷

三朵烟云

你不来

昙花的美因此缺少一半

月光也缺少一半

另一半的姐姐

我怀想你的痛和沉默比月光更沉

……

思齐听他念完称赞说是一首好诗，大头幸福地蹦起来，他就像得了嘉奖的士兵一样一路飞奔回去，铺开稿纸，另一首诗随着他飞扬的情绪喷涌而出。

爱情激发了诗情，这一时期，大头才情迸发，他的诗就像雨季的韭菜，割了一茬又一茬，用他自己的话说写诗就像吐唾沫，上下嘴唇一碰，噗——，一首诗完成了。大头的诗也不寄出去，只念给思齐听，倒是班上的魏八风在楼道口偷偷揭去两张，发表在《星星树》上，赚了80元稿费，请男生们喝了顿啤酒。

就在大头疯狂地迷恋着为思齐献诗的时候，一向对此处之泰然的思齐突然表示了反感，这让大头措手不及。思齐在大头捧着新写的《蝶恋花》要读给她听时挥手打断了他：李尧同学，该结束了吧？！

大头莫名其妙地瞪着思齐，茫然不解地问：结、结、结什么束？

你不觉得自己太过分吗？

过、过分？！大头急得结巴起来：爱、爱、爱就得热烈！

你找错了对象，我已经结婚了。

结了婚就不可以爱了吗？

不可以！思齐犀利地看他一眼，愤然离去。

大头受了伤般喘息着待在原地，他不明白一向和善从不言重的思齐为什么如此冷厉，她怕什么吗？大头恍然大悟，追着思齐的背影说你不要怕，爱高于一切。

这晚爱情受挫的大头没有吃饭便早早来到资料室，他找到《世界名人的爱情生活》，从头至尾又重读了一遍，临走把书借了出来。第二天一大早他就信心十足地等在女生宿舍楼门口，准备思齐一出现就把书拿给她看，要知道，这可是世界经典爱情，是人们生活的典范，也是最好的爱情教科书。

大头等了一个小时又四十五分钟，思齐终于出现了。大头从龙爪槐后闪出来，吓了思齐一跳，她停住脚步看清是大头后问：有事吗？

大头得意地扬了扬手中的书：姐，名人的爱情都是超常的……

我不是名人，我很正常地生活着。思齐打断他，继续朝教室走。

大头跟在后边亦步亦趋：我爱你，这比什么都重要。

但我对你不感兴趣，这比什么都说明问题。思齐乜斜他一眼，她还没见过这么强词夺理的人。

你撒谎！大头紧跑两步蹿到思齐前面挡住去路：你爱我，只不过你

54

不敢承认罢了。

思齐惊讶地看着他，嘴唇哆嗦着，半天说不出话来。大头感觉自己切中了思齐的思想要害，得意非凡地教导思齐说女人啊，你的名字叫弱者。你太善于伪装了，你不承认，是因为你虚荣，你怕承担背叛的恶名。你敢说在我对你朗诵诗时，你不幸福吗……

思齐闭上眼睛，压下心中的厌恶，长舒一口气，说：请你——离我远点儿！

大头笑了：爱没有距离，你终究会是我的！

思齐被气乐了，天底下有谁见过这么自说自话、不可理喻的人！管他呢？他爱怎么想就怎么想、爱怎么说就怎么说吧。思齐折转身回宿舍。

但大头不会知难而退，他每天早早来到女生宿舍楼的龙爪槐下，盯着进进出出的人们，望眼欲穿地等待着思齐的出现。思齐抗不过他，只好囚在宿舍里不出来，买饭打水都由同学代劳。

忽然有一天大头不见了，人们跑上楼新奇地告诉思齐。思齐将信将疑地蹑下楼，隐在门后向龙爪槐看去，龙爪槐少了大头粗壮的大腿的扶持，显得单薄而孤独。思齐又看了看院子，院子里也没有那异型的身影，思齐这才喘出一口气，战战兢兢走出楼门。

突然失踪的大头让思齐坐立不安，她不知道这种人会做出什么事来，他不会——？！思齐吓了一跳，假如他真想不开——天呐！

恐惧还没从思齐身上消失，杨帆就打电话来让她马上回家，思齐从没见过杨帆如此急躁，就不明底里地问了一句：有事啊？杨帆吼一声你回来就知道了！

思齐急急地赶回去，一进门，大头坐在沙发上看电视。思齐没理他径直走进卧室，杨帆黑着脸躺在床上抽烟，思齐疑惑地问：他怎么在这里？杨帆翻她一眼：问我啊？你干得好事！思齐也火了：我干什么啦？！忽然想起还在客厅里坐着的大头，关上门走出来对大头说：你走吧，马上从这里出去！大头说你给我个明确答复我就走，思齐问你想要我回答什么？大头说你爱我还是爱他？思齐拉开门说你给我出去，马上！大头悻悻地站起来：出去就出去，发什么火啊？临出门又加上一句：什么也改变不了我爱你。思齐忍无可忍地吼道：你死了心吧，即使我离了婚，也不会嫁给你！

大头诧异地盯着思齐，不死心地问：你就不能说一句真心话啊？思齐一字一顿地告诉他：李尧同学，你听好了，从我们认识的那一天起，我自始至终都没说过一句假话，要爱要恨凭你，但不许干扰我的生活。听明白了吗？大头不解地看着思齐说明白了，思齐说明白了你就可以走了。大头绝望地看她一眼，失魂落魄地走了，回到北京就跳了昆明湖，被人救上来之后，写了一张明信片寄给思齐：祝贺我吧，我新生了！思齐看到这张明信片长出一口气：晦暗的日子终于过去了！

然而好景不长，一个月后，大头又如幽灵般出现在思齐面前，思齐倒吸一口冷气：你、你、你怎么——？！

大头嬉笑着说我憋了一个月，实在憋不住了，就是让我死，我也得来看你。

你若再纠缠，我可报警了。

警察不管爱情。

思齐拿起电话，拨通了杨帆的手机：你赶紧回来，有人骚扰……大头按住了电话：你不讲理——

你讲理？思齐一下子火了：明知对方不爱你，你还这样死缠烂打，正常吗？！

可——我爱你啊。

爱不是破坏别人生活的理由，你清醒一点儿好不好？！思齐的眼泪无声地流下来。

你、你别哭，我走，我、我再也不打扰你了。大头倒退着走到门口，停下来，嗫嚅着说：可是，你得允许我爱你……

听到这话，思齐脑袋一炸晕了过去。

光 阴

枪炮声停歇了，一切归于寂静，空气中满是血腥。

可以说血流成河。

可以说此处生物绝迹，一片焦土中，寸草皆无。

贺兰山睁开眼睛的时候，看到的是满天血红的星斗。

贺兰山试着转了转脖子，又试着抬了抬胳膊，然后是腿——都没问题，那么，这一片血红来自哪里呢？

贺兰山小心翼翼地抹了把眼睛，血晕没有了，代之而起的是夜的秋凉，贺兰山不由自主地打了个寒战。

是怎样遭遇这场战斗的，贺兰山有点儿想不起来了。

这一想就想了几十年，几十年清晰的越来越清晰，模糊的依然模糊。

贺兰山只记得当时自己刚刚送走叶之春，把一个遍体鳞伤、大名鼎鼎的游击队长从敌人监狱里营救出来，并通过重重封锁线送到安全的交通站，不能说不是一个奇迹，而这个奇迹就在贺兰山的精心谋划下成功实现了。贺兰山往回走时，不免有些暗暗得意，可能就是在这个时候，他被突如其来地卷入了这场战斗。

贺兰山的记忆因此也就在这个地方打了个结，此前的一段是他秘而不宣的，此后的一段，他又无以言表。

人生的遭逢是谁也说不清的，贺兰山在经历了这场死难之后，连身份也变得模糊不清了。按照档案的说法，他是汉奸——因为抗日战争时期他一直是伪军，但他自己知道，他属于自己的队伍，属于自己的心，属于那种按照自己的心性立世的人。不然，就不会有那一场不明来由的遭遇，也就不会失去部分记忆。

失忆是一件痛苦的事情，尤其是在人生的关节点上。

回乡当一个农民让他躲过了许多东西,但也有躲不过去的,那就是他记忆缺失的那部分,不止他想弄清楚,从那个年代走过来的每个人包括各级组织都想弄清楚。

但他无法给予人们和他自己想要的答案。

所以他不得不戴上一顶汉奸的帽子——如果不是老支书以他的人格把他保护下来,贺兰山可能早已经不纠结这个问题了。

戴着一顶汉奸的帽子,贺兰山的生活可想而知,他在生产队里干最脏最累的活,挣最低的工分,分最少的口粮,但贺兰山知足,比起那些阵亡的战友,他还有一条命,还能活在世界上,看春来秋去,斗转星移。

贺兰山没有自己的孩子——家庭对于他来说是奢侈的,但他捡了一个儿子,那孩子流浪到村子上时,已经饿得奄奄一息了。贺兰山自己挖野菜吃,用仅有的一点儿口粮把他养大。让贺兰山无比欣慰的是,这孩子很像自己,在他被人牵着游街示众的时候,这孩子总悄悄跟在身后,当人们推搡他准备下手的时候,孩子就不失时机地扑过去,为此贺兰山免遭了不少皮肉之苦——他是汉奸,孩子是贫苦人,谁又肯照一个孩子下手呢。

我对不起孩子啊——晚年的贺兰山经常坐在夕阳下独自悲叹,换另一个人家,这孩子该会有一个多么温暖的家庭和怎样一份红火的日子啊,可是……我怎么就想不起来了呢?

可能是太老了吧?老得只剩下回忆了,这回忆也总纠结在那一场不明来由的战斗,还有就是消失不见的叶之春。这个白净的南方小个子无比智慧,又无比英勇,贺兰山是把他化装成一个女孩儿弄出来的。贺兰山有时候想着想着就会兀自笑出声,如果他真是一个女孩呢?自己会不会像现在这样一直等下去,或者动身去南方寻找……

当一大队人马领着一个慈眉善目的小个子老人来到贺兰山炕前时,贺兰山已经看不清什么了,这小个子老人就是叶之春,是他一直交代不清去向及生死的叶之春!

叶之春叫一声"老贺"便哽咽地说不出话来,只有泪水瀑布一样淌

下来：几十年啊，你还……

贺兰山急促地喊：快，快告诉组织，快，快叫乡亲们，我不是汉奸，我不是汉奸，这个人能给我证明！

你怎么会是汉奸呢？！叶之春愣了，随之抡起巴掌猛地抽向自己：怨我，怨我啊！我早该来看你——其实，有相当的一段时间，他也身不由己。

在场的所有人都愣了。

叶之春临走留下了一笔钱，请求乡亲们帮忙把贺兰山摇摇欲坠的房子翻盖一下，并给一贫如洗的家里添置一些必用的东西。

此后不久，政府也下发了一笔数目可观的补助款。但贺兰山并没有拿这笔钱来修自家的房子院子，而是请村里另批地方盖起了一座荣军院。

荣军院建成的那一天，贺兰山心满意足地走了。

第三辑

香蒲、残荷、秋水

一个人的寺院

　　直到很久以后，我才知道，那个寺院就他一个人。

　　我从没想过一个人的生活，因为我们是在群体中，虽然走到人群中是孤独的，但我们都在群体中生活着，我们极少个人生活的经验。说到底，我们周围不乏亲人或朋友、同事，总之我们是生活在一个团体中。虽然我们可能不用每天出去见人，但我们无时无刻不生活在人群中。所以我无法想象一个人的生活，特别是一个人的寺院生活。因为它在丛林，远离尘嚣，远离人群，只有青灯古佛相伴。但我知道那别一种清苦，别一种孤独，即使我们的内心足够强大，那种生活也不是我们能够承受的。如果是一个人的生活，或许还可想象，就像没有人的屋子并不空寂一样，因为有众多的屋子陪伴着。

　　是跟一个已经皈依佛门的居士谈论生活禅时说起的，她跟我介绍了这位师父。她说这师父极好，从不要求什么，也不会暗示或有意无意地对你施加影响。

　　我是认识一些僧人的，也曾在寺院里挂单——住过一些时日，说句不中听的话，现在的寺院早已不同于往昔，虽然我不主张那种苦行僧式的清修，但总还是应该有一些别于红尘中普通人的地方。应该守一些规矩，即使尘世，也是有章法的。但我看到的并不是如我想的这样，就像这位师父后来告诉我的，人是不一样的，所以僧人也是不一样的。大千世界，梵世红尘，人各有志，不同才是真实地存在。

其实我也明白，凡是有人群的地方，就有左中右。我不该用理想去标注现实，那太残酷，也太娇情。

但当我知道他是一个人的时候，我还是难以抑制内心的惊讶与震撼，虽然我们听过许多这样的大师先贤圣哲的类似的故事——达摩禅师独自面壁九年，六祖慧能一个人在后山舂米……他们身边无人或有人，但于他们都如自然界的一切那样，只不过是跟着时序轮转的万物之一。我想他们之所以能够成为大师，自有其过人之处。就像庄子，就像老子，他们融于社会，又能够置身事外，出凡脱俗，来去自如。

当他说出寺院只有他一个人的时候，我的眼前立刻出现了一个场景：一条上山的小路，牵着我们的视线射向隐含在山腰的一处小院落。绿树青翠，小院清幽。屋顶灰黑的筒瓦布满青苔，一些不知名的小花小草被薄雾和微风环绕，细碎地颤动着。青石板上同样布满了青苔，而钟楼鼓楼在阴郁的午后喑哑着，只等下午课来临时敲响。在他处庄严肃穆而又香客不断、热闹非凡的大雄宝殿也同样肃穆着，听不到人声，也不见人迹，狭小的院落显出了空旷，甚至有些苍凉与惊惧。当我们把目光转向僧僚时，我们的目光才捕捉到一个人，一个独坐的人。你从他的坐姿上感觉不到时间的流动，又恍惚时间飞逝。从背后看过去，你以为他坐下不久，刚刚进入冥静状态。而从他的脸上，你分明觉出了时间的绵长。室外伴着他的是飞鸟流泉薄雾清风，这一切是那样和谐，和谐的不容有一个闯入者，哪怕是极小的一声轻咳。

时光就在他的眼睫毛上悄悄流走，一炷香又一炷香燃尽了，他的眼睫毛开始轻微颤动，继而是半开的眼睛，这半开的眼睛是通向自己的内心的。当他把眼睛全部睁开，他就开始了另一种行程。

他的云板是打给山上的飞鸟草虫吗？他的钟鼓是敲给山鸡野兔吗？他的经文是唱给楠竹红枫吗？

他严谨而守时地做着一切，日复一日。我想他不是做给别人，而是做给自己的心。之所以有这样的揣测，是他平日的言谈留给了我这样的印象，也给了我这样想象的空间。

作为在群体中生活的人，我们都有这样的体验，每日忙忙碌碌既累且烦，总想找时间找机会好好歇一歇。而一旦歇下来，时间稍长又觉得郁闷难捱，就想还不如上班呢，大家在一起说说笑笑不觉得时间漫长。这是人与生俱来的东西，是我们不好克服也不容易克服的。如此我就不难想象这位僧人所面临的需要克服的东西有多么多，多么困难。所以他那种严谨守时就特别不容易，没有谁督促，也没有哪一个评判，只是他自己在做，做给自己。清风不会管你几点起床，明月不会察看你是否认真，星星也不会窥视你的真诚与伪作，而暮鼓晨钟更不会抗议你在哪个时候敲响。但是，你的心在看着你，而你的眼睛又在看着你的心。

在得知他是一个人在寺院后，我心向往之。就半是玩笑半认真地说：我也想找一个没人的地方待着。

很寂寞的。他淡淡地回了一句。

找个深山古寺待下去，是我多年的向往。

是偶尔，还是想长期？

长期。

阿弥陀佛，呵呵呵呵……长久的佛号和淡无表情的笑声。

不知道您笑什么，又为什么要笑？这是您的智慧，还是对生活在红尘中人的娇情的一种嘲讽？

那是非常非常美好的事情，希望你善愿成就。

我喜欢听寺院的钟声，喜欢那一种幽远与寂静。

要是天天如此，你就不会这样说了。

有书有佛，处在好的风景里本身就是一种惬意啊！其实什么样更接近生命的本质谁也不知道。不是吗？您感觉一个人的寺院不好吗？

有时候必要我们自己去感觉。

我真想就这么走了，一个人走到与您的处境相仿的地方。

那是不可能的。

我不打扰这个世界，世界上的人和事也不要打扰我，我想那应该是生命原本的状态。

人不是在真空中生活的。

我感觉在世上行走烦恼太多了，我想我永远学不会——拒绝……这

是我此时面临最多最大的困境。

要去拒绝,不拒绝会很痛苦的,你这样会给自己和他人带来痛苦。

真的是很痛苦,在这样的情境下,我好像没有自我了……

——谈到这里,我突然一惊:是我曲解了他,曲解了寺院的含义。他不是一个人,而是有一些强大的灵魂跟他在一起,支撑着他。这些灵魂书写着一部生命哲学,遗惠着世人,遗惠着执迷不悟的我们。

他还说过一句话,就是在我说其实我们最难于管住的是我们的眼睛我们的心的时候,他仍是淡淡地:就是因为难于管住,所以才需要训练。

训练是把毅力和时间糅和在一起的东西,就看你经不经受得起。就像这个僧人,就像他一个人的寺院。寺院不是一个人,而训练是一个人的。

答案在每个人的心里。

运河在这里转了个弯儿

对于从没有见过大运河的人来说,大运河可能就是永远俏丽在心头的一个瑰丽的梦,它浩大而典雅,飘逸而温馨。运河那一湾清水是许多孩子童年的玩儿伴,也让更多青年体验了临花照水的美丽,它还是许多老人梦寐以求怡情养性的绝佳之地。

什么东西见多了就习以为常、不再新鲜了,比方说飞机,比方说网络。在过去理想主义旗帜下,楼上楼下电灯电话都是极遥远极罕见的事情,如今早已庸常地充斥于我们的生活中,成为生活必备的一个不起眼的道具。

但对于运河,我一直保持着激情,保持着一份古典情怀。始终记着第一次看到大运河时的激动——于大庭广众之下旁若无人地惊呼——这就是课本上的大运河吗？这就是隋炀帝时代的大运河吗？

的确，这就是书上说的占了个世界之最的大运河，这就是隋炀帝下令开凿的已经流淌了一千多年的大运河！

我这样惊喜地诘问的时候，正站在一辆行驶的公交车上，车过新华桥，大运河走过千年风烟从遥远的梦中揭开了它古朴神秘的面纱。自此以后，我就可以听着运河轻柔的水声与一段历史、与一种古老的文化气息一同入眠了。所以那一刻，我无比幸福。

千江有水千江月，万里无云万里天。此去经年，运河成为我们生活中一处不变的风景。我们几乎每天都与它对视，在忙碌与琐屑中，它平淡地如同我们身边一个默默无闻的朋友，静静地注视着你。恰似张若虚所描述的富春江之水与月，静看风云变换、斗转星移。但你又从不会忘记它，当春天来临，当河滩被茵绿覆盖，当桃花灿烂，当杏花如雨，当梨花雪片纷飞时，你一定会找一个日子到河滩坐一坐，去跟运河水，还有与运河一起老去的隋堤槐柳讲讲这一年中所阅历的物是人非。

一个城市是应该有一个城市的气质的，这气质就是这个城市的文化积淀。地域文化都是一脉相承的，在沧州，古老的大运河承载着本地文化的疏布与外来文化的吸纳——沧州人因运河而得以从水路走出这片狭小的空间，走向四方世界，而外面世界的物质文明与风土人情也在运河船桨的划动中摇曳而来。我们的生活、我们的文化因此丰富多彩，四方的人众汇集到这里，形成了东南西北四个不同方位的不同口音与不同精神气韵。

许多年以来，在运河上走一走，已经成为生活在这片土地上的人们的一种习惯了。正月那个最亮最大的圆月之夜，我和爱人走出去，一直沿着运河那个最大的弯儿走过去。远远地，弯里怀抱着的那块河滩地上仍在冬眠的林木稀疏而坚韧，有几株略显粗壮的，高高的树杈上或挑着一两个鸟窝，在寒冽的黄昏与昏黄的月亮边俏丽地摇晃着。被垂柳挡住视线的地方，月亮边的柳丝轻柔绵软，像绸缎一样，在你的感觉你的意识里春风化雨般晕染开来，氤氲出一股浅唱低吟的美丽。与运河朝夕相守,人也就在刚烈之外多了一些柔润,多出一分浪漫。

运河在王希鲁这个地方拐了一个"几"字型的大弯儿,就像在这里折了个跟头,然后再打着旋儿继续向前,所以这一片河滩地也就特别宽阔,特别肥沃,附近村庄的人们在这里养花种菜,一代一代形成了他们的特色产业。

想来运河在这个地方弄出这么大一个弧度一定有它水利方面的道理,爱人说可能是为了泄洪,干旱时蓄水,一旦沥涝,便可以减缓水势。运河在这里转了一个弯,也就转出许多韵致。我们也曾试图越过这片水域到那片孤岛似的河滩地上看看,但转来转去总也找不到可以进退的地方,所以那个孤岛和孤岛上的物事就一直神秘地站在我们目光所及的地方。我更好奇那些在孤岛上劳作的人们是怎样走上去的。河湾南端河面上有一个小木筏,小木筏旁插着一个抄网,原来我以为是有兴致的人闲来无事一试身手顺便捞些河鲜下饭佐酒的,后来突然想到,小木筏的最可能的作用是交通工具而非享乐道具,那从河堤顶上一直砌到水边的红砖甬路就是最好的证明。但我们谁也不会撑木筏子,爱人在旅游时倒是撑过一回,但那里总有人保护着,而这里水面阔大,又不知深浅,所以我们两个就总是面面相觑地打消撑它过去的念头。当然,一定有地方可以绕进去,只不过我们没有寻到而已。

春来的时候,草最先从河滩的阳坡钻出细细嫩嫩的芽尖,芦苇在断茬处生出一抹新绿,隔岸花坛里的竹子从根部开始青起来,柳树的枝条细柔出烟云,生机就这么在植物的端端尖尖冒泛出来,一切就这样欣欣然地开始了。

农谚说:七九河开,八九燕来。今年倒春寒,如今八九过半,河还未全开。河面靠近中间的部分尚残存着一些冰,晶莹剔透,薄如蝉翼,在傍晚的阳光下反射着柔和的光。河道里,隔年的蒲草在冰面苍黄着。岸边垂钓的老人把寒冷与时光一并忘却了,娴静而木然。久了,便执著成一尊雕塑。

大概运河人家世世代代就是这样生活着的吧,临河而居,出入就是那一湾河水,春看槐柳夏看花,秋看芦苇冬看月,一年四季,天天都在

看风景,日日生活在风俗画里——小桥流水人家,有了这一湾浅浅的河水,有了这一堤的槐柳,日子滋润而熨帖。

梦幻周庄

到周庄,是搭朋友的车去的。

江南水乡周庄古镇有个画家村,房子是台湾富贵集团兴建的。临水而筑,是周庄的风格,那一大片别墅前面的平台就延展到水里,仿佛自家的河流自家的水塘自家的泳池。小桥、流水、人家,古诗古画的生活。

朋友是画家,在周庄拥有一栋这样的别墅,房子刚刚建成,我们去看。朋友说还有若干栋正在出售,对画家优惠。我不是画家,即便有心在江南购置一套房子,也不敢想象到如此著名的风景区下手。当然,我搭车的目的极为简单———一睹周庄的美丽容颜。

听说我没去过周庄,朋友有些惊讶。如此著名的地方,我又如此喜欢行走,不应该是脚步未到的地方。但的确如此,20世纪90年代的华东五市之行,水乡古镇我们选择的是同里。那时周庄正热,同里刚刚开发,单位搞旅游的同事说江南水乡古镇都差不多,何必去挤摞摞。那之后又多次机会走到南方,瞅机会玩儿了几个地方:镇江、扬州、无锡等,却一直没想到要去周庄,大概同事的话还在起作用吧。

周庄在我的意识里应该是陈逸飞的周庄,是画面上的周庄,小桥、流水、撑船女,还有撑船女嘴里哼唱的江南小调,抑或昆曲?——据说周庄的古戏台无论过去还是现在,时时上演着昆曲,人们闲淡地坐在戏台下,一壶茶、一杯酒、一袋烟、一碟散碎的小食品,悠然得听,或是跟着舞台上的人咿咿呀呀地唱。兰舟催发吗？古诗里的句子在我想到周庄、看到周庄的画面时就会不自觉地冒上来，它是覆盖着一层历史的轻纱、氤氲着缕缕历史的风烟的。

周庄应该还是有别于同里的，虽然它们大同小异，虽然都是枕水人家。虽然周庄有沈万三，同里有陈王道；周庄有沈厅张厅，同里有退思园陈家牌楼。但同里的水较清浅，周庄河宽水大且不说，还有私家码头。据说张家的私家码头就建在后花园的河道上，"轿从前门进，船从家中过"。相比之下，周庄似乎更气魄，设计也更精巧。当然，这都是我感觉上的。感觉很容易出偏差，所以在别人眼里，或是你再去时，可能是另一感觉另一种印象。也许是到同里去的那年时间稍晚些吧——五一过后，也或许那年的雨水不如今年的勤快（去上海之前，上海已经断断续续下了20来天雨）——也可能都不是。去同里时路过大运河，那是我第一次在苏州附近看到南方的大运河，河水满满荡荡，有点儿稍不注意就会漾出来的危险——所以到同里后看到河道里的水那么轻浅，感觉里就有了种落魄的赧然。还或许是那天大大的太阳消解了江南的氤氲，故而模糊了南方水乡与北方小城的区别。众多原因掺杂其中，因而也就无法判别到底周庄同里哪个更好——其实这种比较就很没道理，但人总是比较心重，看了一个地方还想看更好的地方，而且不虚此行。其实周庄和同里应该不分伯仲的，它们的距离也不甚遥远。在周庄客居的古代近代诗人、政客也都在同里居住过。

吴冠中说周庄"集中国水乡之美"（同里则有"东方小威尼斯"之称——看，又比较上了吧）。这座古镇位于苏州城东南、昆山西南，四面环水，为澄湖、白蚬湖、淀山湖、南湖和众多条大小河流环绕，还有四条河流穿镇而过，自古就有水乡泽国之称。周庄从良渚文化开始，已走过漫漫五千年岁月。就是从北宋元佑元年周迪功郎（官名）舍宅建寺起，周庄也有九百多年的繁荣史了。

周庄的传说已听过很多，周庄的美丽流传在人们的嘴唇上。所以，当我们坐在古雅的西餐店的二楼聊周庄的设计、周庄的发展、周庄的未来时，我一次次把目光从眼前当作茶桌的老木箱上、从挂在四壁的油画上、从拉紧的紫红轻纱帷幔中向外眺去。我猜想，古典的周庄应该在我视线越过的更远处。新筑与遗存就这么格格不入，它们不可能掺沙子一样共存，它们只可能避开，绕过开发，绕过新兴，就像丽江，就像束河古镇。保持是一种文明，是一种习惯。时间就在人们的语言中流逝，我就有种走到近前不得见或即将失之交臂的急迫。其间我几次悄悄触碰朋友的腿，提示他别扯远了，别把话题展得太大太开。朋友仿佛浑然不觉，但又心如明镜。他不好拂我意，又不便把话题收得太急，于是我只好在焦急中耐心地捱着时间，直到对方说下去吃饭，我马上跟朋友小声嘀咕了一句：简单、迅速！朋友笑了，我心说：真若让我带着遗憾走（不到周庄还罢），我一上车非哭了不可。

　　天似乎也配合我的心情，一会儿便阴了。有风吹过，裹不严密的地方被无孔不入的风钻进来，扫得周身发紧。我们迅速把衣服拉链拽紧、扣子扣严。穿过街道隔不远镶嵌的一块块富贵猫地砖，越过马路，再走过一条陈旧的小巷，前边就是周庄古镇最精华的地方了。我们最先看到的是一条深涧似的小河，河上有船，船家女摇着橹载着一船游客在四通八达的水上穿桥过洞。那石砌的岸，还有弯上去的月亮一样的石桥，与小木船（过去文人骚客们说的"一叶扁舟"吧）、着蓝印花布上衣的撑船女熔为一体，恰到好处地构成一幅绝佳的画面，流溢着绝美的意境。在石桥桥堍边的石凳上，我们端坐着拍照——看大家那么郑重，我扑哧乐了：多么大的反差呀，游客永远融不进这里的风景，不管你多么热爱！拍照什么问题都解决不了，它只说明你到过这里，以游客的身份。这本身就极滑稽。让我发笑的真正原因是我们的一本正经，煞有介事。有打油诗讽刺这种状态：上车睡觉，下车撒尿，景点拍照，回家一问，什么都不知道！

　　周庄的美不只在水，还因为临水而筑的错落有致的房子，黑瓦白墙，煞是精神。这次南行，我有一个发现（之所以不说是新发现，盖因早就发现了，只是没深思），江南所有的民居（稍有些年岁的）几乎都是黑瓦白墙，即使新建的，广大农村也还承袭着这种风格。我似乎明白了，江南多雨，阴沉的天空下，如若像北方一样灰秃秃的房子灰突突的墙,那就太灰暗太没有生气,忒煞风景。黑瓦白墙在雨水的冲刷下更显精神,老百姓有句土话,说:要想俏,一身孝;还有另一句:要想俏,一身皂。黑白是所有色彩中最彻底最经典的,孔子说:素以为绚。白是最美丽的,而黑作为它的对立面存在,就形成巨大的反差,对比度如此高强,即便在灰濛濛的天空下,也跳跃出众。

从小生长在长江边的画家朋友告诉我,他研究过旧时的房子,虽简陋,并不漏雨。原因很简单,砌墙揸顶的泥里掺了麻刀。麻刀这东西经过雨水的浸泡会自然膨胀,体积膨大后把整个屋顶和墙体都密密地保护起来,再没有一点儿缝隙,如此雨水也就无机可乘。江南的雨性子不像北方那么暴烈,细细慢慢地沤,麻刀越沤越软,越沤膨胀得越大,就结合得越紧密。我知道,过去没人给这些土生土长的"建筑师""建房专家"评职称,但他们建起来的房子更地道,更适合人居住。朋友也笑了:没有大师们,中国老百姓几千年照样住不漏雨的房子。

几乎每一个周庄人都能指出陈逸飞作画的桥,包括曾到过周庄的游客。周庄不大,绕来绕去就那么几条水道和围绕水道的街(当然我没资格说这样的话,因为我只走了其中不长的一段,顶多也就算惊鸿一瞥吧)。桥不少,隔不远一座,但极朴素极小巧,也就几米十几米的样子。桥大多鼓起来,有一定高度,为底下过船计。穿过陈逸飞画中的桥,直到小河的另一边,就是一个市场了。贸易支撑着这个古老的小镇的一部分生活,但在游客云集的今天,旅游收入应该占他们生活的大部分。我不喜欢市场,因为它过于嘈杂和凌乱;我喜欢市场,因为它可以让我窥见小镇人的日常生活。有酒家女拦在街上招呼游客进店吃饭,临街的橱窗里各色日用摆件、工艺品、食品、蔬菜、水产杂陈。日用工艺杂品大多小巧,可能并不精致,倒是竹编的飞虫逗人喜爱。菜大多是我叫不上名字来的,如果不是时间过于匆促,我定会挨个问个遍。我对植物有着天然的兴趣,几乎是走一路问一路的。

遇到一位百岁老人,坐在门边等人拍照。这使我想起丽江的东巴学者,也是一副盛装打扮,摆在艺术品店里,静等好奇的游客上钩。只是这老太太有别于艺术品店里的东巴老人,她不需要道具,身边的房子和身后的小河，还有穿梭的游人就是最好的背景。

匆匆一面，本来是不准备付诸文字的，但日记本提醒了我。刚进周庄画家村时，在一栋别墅的一楼看到一个散摆着卖书的摊床，就拐了进去。我习惯于在景区买书，因为我们多数时候是走马观花式的旅游。走过去了，也有一些印象，但混杂在一起，分不清彼此，真的一问三不知。所以有介绍性的书就好了，不止日后读来亲切，一一对应，还加深记忆，加深了解。刚走进书铺选书，朋友就在外面招呼快走，于是只好把拿到手的书统统放下，要走又不甘心，慌忙抓起一本《周庄记忆》问了价钱，翻开一看，愣了——它不是书，而是日记本，薄薄的。扉页的蓝印花布图案清雅古朴，树皮色封面线装，隔一些纸页便有一个彩页，上面不是照片就是绘画，做得相当精美。我历来喜欢这种稍稍有些情调的小东西，于是付了款跑出来，欣然地告诉朋友自己的发现。随即便后悔了——越看越爱——我应该多买一些的，让家乡的朋友和我一起感受周庄，感受这份清雅的美丽。转头一想，还有时间，也有可能再度碰上，周庄不可能只这一个地方卖此类纪念品吧。经验告诉我，旅游景区多的是这样的摊点，所以也就没好意思再返回去，哪知此后就再没机会了。儿子打电话时一直开玩笑跟我要礼物，也一直没时间没机会，想着这可以小小满足一下他的虚荣心了。回来拿给儿子，儿子看了一下便说：太奢侈了，这么雅致的东西还是您留着用吧。于是它就悠悠然躺到了我的床头柜上，成为我每晚写日志时都会碰到的风景。每天写日志前，或记完日志之后，我都会翻开它来看看。也真的像儿子说得有点儿舍不得在上面书写了，还是保留那片空白吧，日子已被我们塞得过于沉实过于涩重了，总该有一些缝隙，在不尽的疲累困乏之后，有个地方可以放置过劳的身心。

今晚，记完日志后，又看到《周庄记忆》，翻开淡雅而古朴的纸页，翻看那一帧帧晕染清丽的图片，一种欲望瞬间强烈起来，诉说变得必须而可行，于是，就写下了上面的文字。但周庄之于我的匆促，应该是没有记忆（些许一点儿，差强人意，还是不算作记忆的好），只有梦幻。

这一方水土

天阴沉着，空气中弥漫着雨腥。九月底的天气，不应该是这般寒凉，但这个秋天有些特别，雨水特别勤，勤到你毫无准备，淅淅沥沥，一场未了，一场又来。所以天空就总有种愁云惨淡的寂寥，更兼秋风秋雨愁煞人的况味。阴湿突然代替了一直以来这个季节原有的明快与火爆，人们缩手缩脚地走在街巷中，视野里再没有秋的热烈与丰富。

汽车在郁郁寡欢的高速公路上疾驰，旷野里满是秋尽的苍茫与寂然，大地又回复到它原初的状态，土地裸露，敞开了胸膛。零零星星枯黄深紫的草点缀着，让土地稍稍有了一些变化。我知道那是碱蓬和黄菜，是这块盐碱地上惯常生长的植物。它们与学名柽柳的红荆条一道，成为这块白花花泛着盐渍碱屑的土地上最顽强最坚定的守护者。

我们是奔着黄骅齐家务乡的贡枣园去的。高速公路和便捷的交通工具给了我们极大的方便，它使得百八十公里的外出不再算是一件事情，就像下班回家途中临时去赴一个什么人的约会，不用提前计划，也不必精心准备，临时动念，几个人电话一联系，达成意愿，立刻动身，一会儿的工夫我们就把市区的繁华甩在身后了。

其实，摘冬枣不过是个指说，大家的目的无非借机出来放放风。整天窝在家和单位，两点一线的生活容易疲乏、麻木、索然无味，所以极需要找个理由搞个仪式逃离一下。

朋友新买的车，开起来就有种草原上打马如飞的畅快。沧州这块地方，我是喜欢往东走的，因为越走越空阔，越走越荒凉，而空阔荒凉是契合我的心境的。静憩，在热闹的背后，这两个字是属于心灵的。

已经闻到了雨水的腥膻，此刻它就在我们头顶悬着，像一柄利刃，不知什么时候就会劈头盖脸滑下来。

闭目想象一下红枫林，再想象一下泛黄的茅草，还有青苍的芦苇，

那落满手指的目光

热烈被云水隔在了秋的另一边,目前我们所拥有的只是低迴地夹杂着雨星风片的空气。

不管什么时候,我总是能够于缝隙中找到一种属于自己的感觉,或许它对别人是毫无意义的。生活就在这种幻象与真实中走过。经常地,我就把自己搁置起来,疏离我们现实存在的这个世界,寻找一种自我的真真切切的体验。

东去海边,有一种大漠长天的浩渺,它让你一下子进入历史,进入另一种时空感觉。这个时候,你没有思考,或是思考了,思考与本体人生无关的一些东西,比如这块地方一直以来就是这个样子吗?据说在遥远的年代,那些总想建功立业甚至改变世界改变别人人生的强者,也会走过来,然后寻找一种他们永生达不到的境界。比如秦始皇,比如汉武帝。我努力在心里谋划着人生的多种可能,人总是在一种环境下有一种环境的生存状态,环境不同,生存状态也就千差万别。假设我们在毫无准备的情况下进入别一种情境,我们会在这别一种情境中迷失吗?迷失大概是顺理成章的,因为你不可能总是处于戒备状态。就像路边的树,如果某个人心血来潮地想把它移到一个他认为合适的地方,于是,树的命运就被改变了。还比如,刚刚我还端坐在家中的电脑前悠哉游哉地看新奇百怪的事情,几分钟后就全副武装好了朝圣般去寻访那些像彭祖一样高寿的冬枣树。

当湿气越来越重的时候,我们也就接近了那片早在700多年前已经挺立在这片天空下的冬枣园了。眼前晃过一块硕大的牌子:聚馆村。聚馆?这是个不同寻常的名字,让你一见之下便欲探究。在燕赵大地上行走,你会经常与历史相撞,荆轲、诗经村、千童镇就在平原腹地。聚馆,莫非也是一个历史传奇?就像近郊的小村鞑子店,真实地反映着一段历史。果不其然,齐家务乡的一名干部向我们解释了这个村庄名称的来历,当然,也是口口相传的。春秋战国时期,这里是齐国北部边防要塞,那时候战事频繁,春秋五霸之一的齐桓公在打了胜仗之后经常在这里跟大夫们饮酒祝贺,赏舞听歌。说白了,这里就是皇帝大夫们聚会的场所,房舍必定华丽,所以才以馆称之。

我想了想,大概是有这个可能的。需要说明的是:古时候,山东山

西是以太行山为界。所以，沧州这块地方也称山东，比如后周铸造沧州铁狮子的工匠李云就自称山东人氏；河南河北以漳河分。漳河在过去是一条很重要的地理坐标，传说中的女娲娘娘抟土造人就是在漳河边，所以娲皇宫至今矗立在漳河边的中皇山上，作为中国建筑史上非常特别的一种建造技术范本——活楼吊庙——供后世研究着。

　　在我们这个星球上，最古老的莫过于土地了，空气可以常换常新，土地则不然，虽然它总被翻耕着，也不免沧海桑田。土地上的人像庄稼，走了一茬又一茬，而土地依然承载着人们的生存需求。那棵堪与彭祖比寿的活过了700岁的冬枣树，要比江边的白发渔翁更多地阅历了秋月春风。

　　这是一块神奇的土地，也是一个有故事的地方。说它神奇是因为盐碱滩上长出了如此精道绝妙的果子——冬枣脆甜而晚熟——迟至11月。故事就更多了，多得如果你想听就可以一直听下去。齐家务——过去的文人士大夫以"修身、齐家、治国、平天下"为要务。据说齐家务还是自明代以来华北大地上最古老的村庄之一。我们知道，燕王扫北使得北方边地人口急剧减少——这个话题是我们身处的这个地方的人们反复提及的，人类的记忆最先回溯到祖先那里，所以就连裹着小脚大字不识的老太太讲古时也会说一句：大明的时候，燕王朱棣扫北，村子里人都被扫了去，燕王一看没人不行啊，就朝这边移民，咱们的老家都在山西，都是从山西洪洞县大槐树底下迁来的。小时候我不知道人怎么可以生存在一棵大槐树底下，后来渐渐才明白了大槐树可能是这些移民的出发地，人们从那里出发，走向四面八方，走到陌生的地方，重新生根繁衍。

　　齐家务不同于绝大多数华北平原上的村庄，它不是明代的移民之后，而是原住民。齐家务之所以较好地保留了原住民，实在是因为巧合与幸运。据说燕王朱棣带领军队掠杀到这里，突起的大雾把左近的村庄都淹没了，浓重的雾气使人方向莫辨，朱棣深恐有诈，只得下令退兵。如此，齐家务等村庄就被保护了下来。

　　如果此说确切，我们是否也可以有另外的猜测，比如：齐家务是不是也可以说成是齐家雾呢？大雾笼罩之下得以重生，为了纪念那场战争，也为了留住那份不可多得的幸运。黄骅近海，每到秋冬季，雾就特别多也特别浓厚，而它在某种程度上的确可以遏制战争——虽然它轻飘飘的毫无重量。

雨斜斜地落下来，雾气如烟岚蒸腾，仿佛为了印证某些传说，契合历史场景一般。我兀自笑了，笑自己竟然沉浸在雾霭似的历史风烟中，真假不辨了。大片大片的冬枣园也仿佛排兵布阵，迎合着我的心境。

枣树很美，尤其到了秋季，更是喜人，叶子绿得透亮，果实通体艳红。可能是从小生活在农村的缘故吧，对枣树的感觉一直很好。小时候，家乡村边场院、房前屋后随便什么地方，凡有空地就种有枣树。农村人是把果木树的出产物叫粮食的——大粒子粮食。枣因为晒干了好放，又不大被调皮捣蛋的孩子及嘴馋的人祸害，所以成为人们遍植于空闲地的最好的经济树种。它不像桃李梨杏苹果什么的，那需要花大气力精心照管，还要防盗。可农村人乡里乡亲的，谁摘你三个两个吃，还顾忌啊？所以过去农村的苹果梨是成园子的，桃杏也以大片的林子居多，这样就可以夹篱笆，大家就不好意思再进到园子里伸手了。我想更主要地，可能于管理的粗放与细作、品质的奢侈、存放的难易之外，还是苹果梨桃杏都不能当饭吃，而枣是可以嵌在粮食里解饥顶饱的。

家乡很少脆枣，多的是大枣。俗话说，七月十五（农历）枣红圈儿，八月十五枣落杆儿。每到中秋打枣的时候，满地满场院的都是鲜红鲜红的大枣，有些青青愣愣的，就被特意捡出来，找个坛坛罐罐蘸上白酒醉了，留到过年的时候吃，那就是个稀罕物了。过去农村，没有什么罕见的东西，一把醉枣，一两个冻柿子或干柿饼子，就是最好的奢侈品了。富裕一点儿的人家，孩子们就故意拿到村街上张扬着吃——显摆。贫寒人家的孩子们羡慕地在嘴里悄悄咽着唾沫，被大人追回去，教训两句或是上一堂励志课……

是不是真的老了啊，怎么这么容易"触景生情"？我摇摇头，晃掉那些童年的印记，抬眼望去，累累果实触目皆是，真喜性啊！大如核桃的冬枣挤挤压压成串地吊挂着，鲜亮饱满。揪一个放到嘴里，一咬嘎嘣脆，如果是早上，就会甜得齁嗓子。尝过沧州的金丝小枣和黄骅的冬枣

之后，任哪个地方的枣都会难以下咽，别的地方也有号称冬枣的枣，可那个难吃——实在咽不下去，只能一吐了之。真是一方水土养一方人，怪不得古人说江南为橘，江北为枳呢！

　　生活在这块土地上的人们虽然艰苦，但上天从另一个方面回馈了他们。他们有着最肥美的海鲜，最甘甜的冬枣，还有谁也不能缺少的天然含碘食盐。世上所有的物事都是相辅相成的，最寒冷的地方出产最热性的东西，酷热的地方出产非常寒凉的东西——东北那样高寒地方盛产人参鹿茸，最热的海南又盛产高品质水晶。也许这就是我们老祖宗说的阴阳和谐吧。我们知道，靠海地方的水是苦咸苦咸的，有个笑话，到黄骅人家里做客，主人端茶倒水之后，如果你一直不喝，主人自会劝说：喝吧，有茶，老好了。如果你再推辞不喝，他们就会说：喝吧喝吧，喝喝就渴了。在盐碱地上讨生存，实在不易，不是随便哪块地上都能生长庄稼的，只有长草的地方才有可能长成庄稼。所以欠收是经常的，他们不能只靠薄薄的几亩田地度日，因而打渔晒盐割苇编芭成为他们贴补家用的最好的帮衬。而经济作物，一直是向日葵和冬枣。向日葵耐盐碱，而冬枣，我始终没弄明白，它怎么也能耐得住那种贫瘠——这还是其次，土地贫瘠与产品丰富的营养价值无论如何联系不到一起，但世界就是这么神奇，土地就是这么神奇，神奇得让你一时转不过弯儿来，不，一直转不过弯儿来。

晚　　秋

　　中秋过后，秋就到了暮年。

　　晚秋的世界就像一位历经沧桑的老人，有一种透彻世事的沉穆。它不再是初春的姹紫嫣红，但也并不逊于它的热烈。晚秋更多的是一种炽，是燃烧的气魄造就的美，就像晚霞，以它的明丽温暖着人们的眼睛，同时也温暖着人们的心灵。

晚秋是一个让你不由自主沉醉的季节，它以阔大的美滋养你的眸子，激越你的精神。它的色彩再不是那种轻佻的绿、浅显的红、娇嫩的粉、点染的黄，而以凝重示人，就像走过人生大半路程的老人，以沉稳、艳丽、厚重和大气磅礴的姿态迎接过往者欣然的目光。

晚秋给了人们诸多审美机会，古代文人早就把这一项工作做到极致，因此我们有了百看不厌的香山红叶。停车坐爱枫林晚，霜叶红于二月花——上海共青城森林公园的"秋林爱晚"之名就取意于杜牧这句诗。

第一次感受晚秋的壮美与静丽是在东北的大小兴安岭，确切地说，从时间上那还不算是晚秋，最多是初秋——九月中旬的天气，华北平原还没有退去夏的炎热，所有的植物还一片葱郁，浓荫蔽日。我一身裙衫素衣而去，意识里东北即便再冷也还应该残留着盛夏的余韵，谁知出得车门就一脚迈进了深秋——所有植物的叶子都不再是葱茏的绿，而变成了浅亮的黄、深沉的赭、明丽的红、晶莹的苍，还有暗淡的绿。世界以一种阔大的色彩向我打开，我一下子就晕了——原来秋是这样明艳照人！这个世界太富丽了，自然界不再以单一的绿来展示它的勃勃生机。只一瞬，你的眼睛就不够用了。只有在这里，我才惊喜地发现，晚秋的醉颜红绝不仅仅是华北的红枫，它还应该有许多我叫不上名字来的乔木和灌木，是它们共同编织了这彩色的锦绣河山。而且，比红更让你陶醉的是我们平时根本不在意的黄——深浅不同，明暗有别。大自然是如此神奇，在这里，你能够认识好多过渡色，那是你无法准确地说出的色调，它可以是粉蓝、冰绿、玫瑰灰、绚丽紫……在这种时候，你的眼睛，你的心毫无作为，只有饕餮，就像饕餮一顿丰盛的晚宴一样，饕餮一顿色彩大餐。

第二次被秋色眩目是在九寨沟和黄龙，在这个以水著称的自然景区，它的树木在金秋十月同样以它的绚烂吸引着人们的目光。东北大小

兴安岭的松还是常绿的，虽然它的绿在晚秋有了一些青苍，可到了这个海拔超过2000米的地方，就连松树的针叶都黄得醉目醉心了。有语云：黄山归来不看山，九寨归来不看水。的确，它的水是别处所无法比拟的，蓝、绿、红、黄，色彩斑斓。可知它的树同样无法比拟，真可以用姹紫嫣红来形容了，即便是春天开遍原野的鲜花也没有这份热烈，这份冲天气势。由于常年被雾笼罩，就连苔藓也艳丽如织毯，它们就那样明媚地铺展在树下，绒绒地，给你一份轻柔与和暖。

曾无数次沉醉在秋山里，那被秋霜染过的红枫、黄栌、红白桦树把整个山川装点得分外妖娆，山的壮阔与树的明丽彼此呼应，而最为柔美的部分则是漫坡的灌木和小草。花在这个季节已经不多见了，但总还有那迎风傲霜的丛菊、寒兰、扶桑……它们该是这个季节的宠儿吧，在人们无意中一瞥的时候，给你惊艳的意外。

晚秋就是这样丰富着，在你不经意的时候，亮丽你的心情。

听落叶飘零的声音

当一片叶子离枝而去，它就开始了相思之旅。

叶子之于枝干之于树，就如同根之于土地，人之于故乡，离散是件伤心而无奈的事，是一枚叶片必须行走的生命旅程。

初冬岁月，在安徽如水墨画一样著名的风景地宏村的石鼓山上，漫山的植物还是北国初秋的样子，松是绿的，枫是红的，茁壮的茅草青青黄黄，茶花依然盛开着，香气四溢。茶树新抽的芽叶嫩绿挺拔，是制作冬茶的好材料。新结的花蕾圆圆的，像急于等待成长的顽皮的孩子，再几个暖阳日，就会艳艳地绽放。山下农人们刚刚移栽的萝卜、油菜，蔫了半日，经过夜露的滋润，第二天便挺直了腰身，精神起来。宏村人种萝卜油菜跟北方人种大白菜一样，先秧一片苗，长成棵后便移栽开去，让我们几个北方来的人直称新奇。

山上的毛竹以它故有的挺拔与超凡脱俗风雅地熨帖着我们内心不尽的文化情结，竹在几乎受过传统文化熏陶的所有人心里都是性格与品位的投射，"宁可食不肉，不可居无竹"，看一眼，就醉到心底。

石鼓山原则上不应该叫山，顶多算一小丘，圆圆的，高出地面几十米，以我目测，还不如陕西五丈原高大。宏村左近山山岭岭都是黄山的余脉，这里山石不多，大都为土山。山上植被丰富，人们在坡地上种茶桑竹菊，沟地里种水稻菜蔬，合理利用着大自然赋予他们的生存资源。南方的土地，在我看来，是撒上种子就能发芽的，所以人们无须忧惧它长不长，而是合理计划让它长什么。

几天来绕着宏村周围的山沟岭坡走下来，认识了不少新植物，也大体了解了此地的农事情况。到了这时节——北方的初冬恰是这个地方的深秋，查资料得知，这个地方的秋天要迟到11月末小雪节后才结束。上个雨天前，同行的一个朋友热得要脱到只剩下一个背心了，而且是挎带的。出去写生，总是找阴凉的地方。雨后，天气有了些许变化，早晚凉了些，到中午还是热得冒汗。

季节跟随着岁月向深处走去，阔叶的树木就不可避免地走到了这一季的末端。石鼓山上一片三角枫火红如炬，一枚枚叶片展翅欲飞的鸟儿一样，我们用眼睛和相机记录色彩，用笔记录形态。坐在草丛里，埋头于一枝一叶的婉转妩媚厚重挺括，万物的声音会聚而来，又延宕开去。一片叶子在你头顶叹息一声，带着不尽的无奈惜别枝干，随风飘落。听到这样的声音，你便不由自主地抬起头来，默默注视，送别。它飞舞的样子轻灵、无力也无依，一片，两片，三片……叶与枝干的聚散是命定的，它们经过了一春一夏一秋的守望，终于要惜别了。古人说叶落归根，但大多数叶片却远离了根茎，去肥了别人的田地，就像蒲公英让风把种子带到了远方，带离了自己的家乡一样。落叶无法掌控自己的命运，它的归省之途是由风决定的，所以它的飘零不是没有声音，而是带

着诸多生命气息的诀别，是宏阔与凄艳的生命绝唱。叶落如雨，红了半片天，红了一方地。

石鼓山上，一片一片茁壮的茅草，还有不知名的灌木几乎把人埋掉，草比人高在这里是为常态。经常地，只隔着几十甚至十几步，就看不到另外的人在哪里，只得扯开嗓子呼喊。呼喊的声音也不像在光秃秃的大山上，传得很远，而尽被灌木丛草吸收掉，或被山湾阻隔。往往是扯着嗓子喊半天不见回声，转过山湾，人就在眼前。

江南的乡村真的如广告说得那样，似一幅水墨画，黛瓦白墙，绿水青山。水牛悠闲地在沟边草坡啃食着青草，半天不出声响，我一直奇怪水牛是不是会叫唤，因为来此地近半月，每天写生的地方都有水牛做伴儿，但一直没听到它们半点儿声响——除了吃草和移动的声音，只有偶尔加重的鼻息声。水牛是那么安静，安静地如同一株会移动的植物，衬在起起伏伏的山丘间，使得整个画面更加生动和谐。

于暖阳、微风、青山绿水间，看九秋植物丰富的色彩，听山溪淙淙，听虫唧鸟鸣，听竹枝摇摆，听落叶飘零……

香蒲、残荷、秋水

半下午的光景，天空明丽，微风习徐。秋草已然泛黄，早收了庄稼的田里，白着一片土地；晚收的玉米，还依然挺立在田间。路边不知名的植物的叶子覆着这个季节最常见的尘土，蔫蔫地，有一种生命将尽的苍黄。

路上的汽车携尘而来，绝尘而去。大家的心情几乎是一样的，赶着最后一班光景看白洋淀的荷与苇。秋天的苇塘荷塘是有看头的，就如同秋是有看头的一样。

　　看秋首先是看收获——各种植物收获的样子，包括那些惯常见的，叫不上名的野菜野草们。无名并非不艳丽，也并非缺少美感。秋几乎给了所有植物最后一次展示的机会，就像专为它们设置的"花间晚照"。继而看凋零，凋零更是一种美啊！在经历了春夏秋两个半季节的挺立之后，在即将完成一个生命轮回之际，飘谢、萎顿，那一种我见犹怜、娇弱地应对气候又无力抗拒的灰颓抓挠着你的意识你的情感，你轻易不被拨动的那根神经接连不断地被拨动着，一种苍凉之感、惋惜之情油然而生，蓦地，阔大的酸楚满溢出来，充盈齿间，爬上眉宇，你整个人就被这种感觉魇住了。一个季节赶着一个季节的脚步走，在永无停歇地行走中，物事更迭，旧貌换了新颜，花开花落，花落花又开起来。

　　当目光越过水面，看到白洋淀边第一丛芦苇时，心中的苍凉又深了一层。这才不到半月时光，苇英就由紫雾一样的苇穗变成了苍黄的芦花——我是一直喜欢那诗一样曼妙雾一样氤氲的紫红色苇穗的，它的色彩它沉甸甸的质地都无可挑剔地俏丽，朦胧而浪漫，既不纠缠又不轻浮，握在手里，丝缎般柔软。它不像植物，倒像浪漫结在心里的一个梦，娇俏旖旎。

　　不是看荷的季节，荷花从五六月到七八月，晚迟的八月半头儿也开败了，到九月底，恐怕只剩下睡莲和王莲了。这两个品种较其他稍有不同，睡莲开得早，谢得也迟。王莲则是夏秋开花，所以它们在一淀荷花中就像禁老的女子，比别个多了些风姿绰约的岁月。不过，在我心里，此时的一池残荷虽不入眼，但入画入心。《红楼梦》中林黛玉为了挽留下那一池残荷，说过这样一句话："我最不喜欢李义山的诗，只喜他一句'留得残荷听雨声'，偏你们又不留着残荷了"——残荷与秋雨连接在一起就有了更多的诗意，更凄凉的味道。如此去听，孤独凄清里又加入了闲适，一种浓重的意境美就跃然纸上了。需要说明的是，李义山的原诗是"秋阴不散霜飞晚，留得枯荷听雨声"，林黛玉在这里改动一字，去枯用残，苍凉与凄清就更进了一步。同去的朋友说喜欢秋雨打在残荷上的样子，青苍黄败的叶子被雨水清洗过，虽依然脱不了青黄，但晚秋的韵味十足——秋本身就含蕴着一种残败美，苍凉是这个季节给予人们最大的视觉冲击与心理感受。

水不清，汽艇多了，污染就不可避免。靠近岸边的地方，水是墨黑的，漂浮着油污与数不清的杂物，再也没有欲望、也不再敢把手伸下去撩一撩水试一试水温，或者采一支浮萍一棵水草什么的。船离岸时，发动机的轰鸣声和着燃烧不充分的汽油味儿，呛得人掩鼻捂口。每临此种情境，我就禁不住想：为什么不像其他地方那样，舍弃汽艇，改用电瓶，以减少对水体和湿地的污染？是因为淀里水面浩大吗？海有洋流的自动净化功能，白洋淀这种内陆湖也会有吗？看情状，即便有，也起不到多大作用。

快艇在主河道上轻缓地行进了一段之后，突然加大马力，利剑一样划开水面向苇荡深处飞去。芦苇、荷、小船、鱼、鸟、水草是淀的灵魂，水面宽阔处，苇与落败的荷叶互相映衬着。荷叶浮在水面，芦苇挺立身旁。越过苇丛，是更加高大的蒲棒、垂柳和"高耸入云"的白杨。每次看到夹岸的白杨，我都奇怪它的挺拔，它不需要拼命长个子就能满浴阳光，可它为什么还这样高挑呢？是因为水的过度丰盈吗？

不时有快艇在身边掠过，近边的小木船躲避着快艇犁起的波浪，看着就有种风雨飘摇感。水面扎下的网，静默着，像历经岁月波澜不惊的渔人。水面上的小凉棚，仍然有着烟火味儿，只是开门处，比之夏天多吊了个帘子，以抵挡夜半风起水面升腾的寒气。

一直很喜欢那种带有原始韵味的小木船、小舢舨，或者干脆是竹排、木筏子。淀里没有多大风浪，这一切均可安全通行（那年我就在荷花淀边的木筏子上掉了下去，掉下去的原因不是因为风大浪高，而是因为人多，且几个人一起从一只木筏子上往另一只木筏子上跳，就把木筏子连我一起蹬了出去）。即使水深苇密，在芦苇荡、在碧荷中，一叶扁舟反倒比快艇灵活得多。"竹喧归浣女，莲动下渔舟"，诗中的渔舟一定不大，苇荷深处，一阵女子喧哗，动静相宜，画面、声音都是美的。

白洋淀里的村庄都是水中陆地，也就是咱们海洋中的小岛。淀里人家自来习惯了水路，出来进去都是船。只有一处是桥的，两个村子——

也或许是一个村子——只隔着窄窄一个水道,大概不足50米,所以用一座简易的铁桥来连接要比动辄撑船便利得多。那桥高高在上,桥上抱孩子的妇女就有阅尽人间春色看惯秋月春风的寂然。新奇是没有的,看一拨接一拨游客来来去去,只当是生活的一种调剂,这一拨跟下一拨于他们眼里没有什么区别,区别的也许是他们不同的服装,不同的口音。

年年来白洋淀,兴趣丝毫不减。淀还是那个淀,但苇与荷与水却不是过去的那些苇与荷与水了。旅游季节,节目也有所不同——淀里总在挖掘一些人们感兴趣的东西,比如雁翎队的故事,比如小兵张嘎。当地政府想给淀里增加文化气息,就在文学中找材料,寻噱头。

跳上岸,随着人流冲向剧场,就被剧场座位上的小坐垫儿吸引了,苇草编的方块小席子和蒲草编的坐垫儿,圆的方的各不相同。随便找了个位子坐下,目光对向舞台——这舞台其实就是木板铁皮搭起来的一块陆地,后边阶梯式地搭了些座位,观众在座位上,演员在空地上。小兵张嘎的剧情用快板串起来,像一出搞笑的穿越剧。我不清楚这有什么看头,但看大家聚精会神,也不好起来走,索性坐定看完。声音和烟火弄得动静挺大,一会儿的工夫,我又给呛着了。心说:白洋淀的污染还不够厉害吗?

好不容易等到演出结束,离开剧场,到我最想见的荷花淀去看那一池池残荷。

果然,所有的荷叶都脱去了翠衣青苍着,没褪去绿衣的,也染了大块的斑点,残破了。落摘的莲蓬干成了淡黑色,古旧老硬的样子。看到它们,就觉得这个季节接近了尾声,虽然还有那么一丝丝温情,但寒意笃定占了上风。走在残荷里,与走在苇丛中不同,走在苇丛里,你感觉不到它与你的贴近。没有人会拿苇与美人作喻,而荷就不同了,它一开始清纯绮丽的样子就让人把它看成冰清玉洁的少女了,所以莲的一生都跟定了人的青春岁月,只是到了这时节,即使美人,也已然垂暮。

不期然,目光撞到一株残存的荷花,它硕大的花朵虽然染了秋霜,边缘已经失了颜色,有些萎颓了,但在一片惨淡中,依然夺人眼目。看到它,就让我想起李易安的《如梦令》:昨夜雨疏风骤,浓睡不消残

酒。试问卷帘人，却道海棠依旧。知否，知否？应是绿肥红瘦。现在不止红瘦，绿也残损了。

　　这支挺立在暮秋的荷花一经被发现，就吸引了众人的目光，无数相机对着它啪啪啪连拍起来，年轻的女孩子们则努力倾斜了身子，跟它合照。离它不远还有一支含苞待放的，深含在一片仍旧茂密黄绿的荷叶中，等待来日的绽放，慰藉下一拨游客的感情，温润下一拨游客的心。

　　在一处沟渠边，绽放着一片不知名的黄色小花。它在岸边青翠地挺立着，与硕大破败的荷叶相较，就有种梅花雪里抖精神的高傲。随手拍了下来，也只有在这种气候条件下，才显出它的艳丽它的卓尔不群。

　　走到王莲睡莲处，天已经麻黑了。浓重的水汽升上来，周身就有些湿潮。与前年不同，大概还是早一周左右吧，数池王莲睡莲开得还盛，叶子依然碧绿，粉的、白的、紫的、黄的各自妖艳。尤其是紫色的，漂亮地你看一眼就醉到心里，那种爱那种细细柔柔的感觉无法用语言表述。王莲的叶子大，花也硕大，蓬蓬地堆在叶侧，像镶在美女鬓边，娇艳柔媚，风姿绰约。

　　一种不知名的水生植物开着白色的三瓣小花，叶茎绿得青翠，小花白得娇嫩，一眼望去，那么纯粹，纯粹地不染一丝风尘。

　　依然是沟渠边，红蓼——也就是我们平日说的狗尾巴花隔池争艳。这种我们惯常见的不起眼的小花，此刻也有了另一种特别的美感，它虽没有莲那样清冽惊艳，但依然热烈。红蓼以多取胜，点缀着这个即将沉寂下去的季节的傍晚。

　　转过身，突然被一池香蒲吸引了，它雪青色的蒲棒（香蒲的果实）在黄昏的光景中特别醒目也特别柔和。大自然是如此神奇，它总出其不意地给你一个接一个的惊喜。

　　老家形容太阳升起与落下时不同的速度有一句话：早上骑马，中午骑牛，晚上骑辘轳头。傍晚时光是最短暂的，刚一眨眼，黑暗整个罩了下来。再一迟疑，就什么都看不见了。于是，我们只好意犹未尽地跳上游艇，返回驻地。

　　乡间的公路总不比省道国道，坑坑洼洼，曲里拐弯。街道两边戳放

着一捆捆打理整齐的蒲草,问司机是干什么用的,司机也不确定,说可能是盖房子吧?要不就做榻榻米出口。

蒲棒是我家乡对于香蒲的一种叫法,其他地方还有叫蒲草、灯芯草或者水蜡烛、水烛的。小时候我不知道蒲棒有什么用,但知道蒲草用处极大,编席子,打蒲墩。我们习惯于把蒲草也叫蒲棒。蒲草比芦苇挺拔,也比芦苇憨实。芦苇的用处除了过去盖房铺盖房顶、编席子之外,还是造纸的原料。而对于蒲棒,除了与芦苇相同的用途之外,它还可食用——蒲菜,雄花的花粉"蒲黄"也可入药。蒲绒还可以引火,所以人们又叫它灯芯草。老家的人把蒲草当成宝,多数人不知道的是,蒲草还是生产人造棉的重要原料。

现在大概是收割蒲草的最好时节,但离芦苇收割还有一段日子。芦苇多在冬天收割,等水面冻实了,踩在上面不会出什么危险了,人们才会扛着大钐刀来收芦苇。所以芦苇尽可以在水面上继续衰老下去,由黄转苍,苇穗变成苇花,苇花如絮飘飞尽。要想看荷,只得等来年了。

来年——来年又是一片草绿花香。

草原、树林和我梦中的大帐篷

真正的大草原我没有去过,只到过承德坝上那一片水草丰美树木葱郁的林草结合地,所以大草原的宏阔与静美我尚未领略。不过我可以想象——根据影视画面和文学作品或他人实地观后的转述以及我自己的认知与心理倾向来想象那份图景,于是就有了这样的画面——虽然想象是

移动的、逐渐丰满的和不固定的。

我们从远处走来,首先映入眼帘的是望不到尽头的绿吧,天上的白云和地上的羊群互相映衬,不分彼此。那应该是我们见到的最纯粹的绿,不染一丝尘埃,水润盈溢。——这应该是一个下午或傍晚,有牧归的感觉,西斜的太阳暖暖地照着,草坡一半沐浴在夕阳中,一半遮蔽在浓荫里。虽然听不到人声看不到人迹,可我知道他们就在不远处,就在我偶一回眸的地方。

我想在另一个曙光初度的早晨,世界还沉睡在一片寂静中,大地率先醒来。是风扣响了大地的门环,它携着轻灵的雾(应该有雾,那种薄薄淡淡似有若无的雾,像飘在天边的一丝云影)还有精灵一样的露珠一起起舞。水草丰美的地方湿气浓重,温度的变化使湿气上升,夜沉而凝,露珠儿就摇曳在花瓣、叶片和草尖上,在太阳刚刚放射的红光里晶莹着。一切都是欣欣然的,经过一夜的休憩与生息,这里的世界像一个睡眠充足的小姑娘饱满轻盈清新水润。此刻,世界是安静的,也是喧嚣的,所有的生物都在相继醒来:先是一只田鼠,打着哈欠睡眼惺忪地跑出来,惊醒了身边的三叶草,三叶草溅起的露珠撞醒了蝴蝶兰,蝴蝶兰讶异的娇嗔唤醒了熟睡的一只草虫,草虫轻巧地蠕动惹起了一只飞蝗急遽地拍翅而去,它带动了一群羽翅的飞翔,一只鸟的加入使这种飞翔洒向高远的天空,狍子、麋鹿踏蹄而过……世界在这一刻彻底醒来。

我想我梦中的草原在通常意义上是安静的,它只以我能体会到的一种方式热烈着,那就是生命的张弛有序与平等和谐,它在冬天蛰伏,在春天生机勃勃,在夏季飞扬跋扈,在秋天沉实守约,而当第一片霜花降临时,它就已经习惯于安宁了。

那个时候,我的树林呢?

我对树林的印象永远是一个男子的形象,虽然每一棵树木都可以妖娆,可以纤弱,但它一定是男人式的玉树临风。这可能源于我们的文化给予我们的心理暗示吧,古语说:女子伤春,男子悲秋。女子之所以伤春,盖因为她们大多把自己比喻为花,而花开花谢给了女子一种青春不可能永驻、花季不可能再来的隐喻;男子悲秋多半是因为他们把自己看成是挺拔的树木，而树木是可以一叶知秋的。树叶的凋零喻示了时光的流逝，人生则是在这种看得见和看不见的流逝中从生的一端走向另一端的。

常看心理访谈节目，很多时候，专家会给咨询人出同样一个题目：一个人在某个时间走入一片树林，树林里潜藏着一定的危险，你是要鼓起勇气穿越，还是退回去？作为被测试的人，可能有着这样或那样的心理困境，而穿越过去与停止穿越是两种不同的面对困境的态度。每到这个时候，我就会跳出访谈画面，想自己的树林，我不知道危险之所在，甚至就是知道，我想也是有办法通过的。我想我是个不惧怕树林（危险或危机）的人。树林带给我的是神秘，是我想探知的未知的区域——世界上不可能有两片相同的树林。危险吗？当然，野兽可能就在树林深处虎视眈眈地盯着你，猎人也可能就藏在某株高大的栎树后正跟一只猛兽对峙。可除此之外呢？不是还有可爱的小松鼠、小兔子、野鸡、夜莺、葛藤和不知名的小花小草吗？我想危险或危机是无处不在、无时不在的，这就看你如何面对了。

其实除去疾病本身带给我们的痛苦之外，所有的痛苦都是文化带给我们的。为此，我经常思考我们生命中能够承受和不能够承受的，也许我们可以承受疾病的痛苦，但我们无法承受文化的压迫、精神的凌辱。有一句著名的话，叫做生命不能承受之轻，我们既无法承受文化的重压，更无法承受思想的苍白、灵魂的轻飘、精神的虚无，生命在一个什么度上轮回是太值得深究的一个问题。上帝给了西西弗斯一个困境，他就在这个困境里找出了生存的意义。

我不想深究心理学意义上树林的象征和喻意，无论如何，在我的意识里，树林给予大多数人的应该是美好的印象，不管是萧瑟的冬天，还是草长莺飞的夏日。

梦延续了我们潜意识里的思考，它在你毫无察觉的时候来丰富你的睡眠。

梦中的帐篷可能与白天的小店有关吧，那个只有几平米的小吃店是如此整洁与温馨，给在寒风中行走了40多分钟的我一种久违的和暖，我

想是它招展的热气吸引了我，它就以那种氤氲的姿态包裹着我。望着那两个小我很多的女孩儿，我忍不住诉说——表达的渴望那一刻冲破所有禁忌满溢出来，它胀破了我的矜持与戒备，冲决而出。然后那个女孩儿就说到了青海和青海的饺子馆，我一下子就感觉到了那种空旷与寂然，我在她的叙述与回味中领略到别一种生命状态，它是原始的、自然的、安宁的。

这天夜里它就以一种唯美的姿态进入我的睡眠，那是一排用原木和茅草搭建的帐篷，茅草披垂下来，几乎拖曳到地上。就在一排新建的高档住宅边，它们遥遥相对又不可逾越。我犹豫着走了进去，一股树木和干草的气息包围了我，我一下子被来自躯体深处的疲惫和困倦击倒，不知不觉歪下去，即刻便进入了睡眠。

早晨醒来我就开始怀想梦中的情景，怀想让我安然入睡的大帐篷。

活一个老头儿不容易

饭桌上，一位朋友颇有感触地向我转述了他父亲的一句话：活一个老头儿不容易。

她父亲在农村。初听这话，我就被这个农民父亲的睿智与哲思打动了。这句话里不仅包含了生存的酸辛、世道的艰难，还包含着心灵的痛楚、身体的疾患……所有人生的坎坷与不平尽在其中。的确，人生如草芥，在我们的人生旅途中，不论是身体的，还是思想的，不论是生活之中的，还是生活之外的，任何一丝意外就可能折断我们生活的羽翅。有多少闯不过众多疾患关的早夭者——我的妹妹、邻居大嫂的小男孩儿都是这样提前走掉的。生存的困境，工作的压力，都可能使我们的生命戛然而止。更何况还有那么多偶然和意外——地震、海啸、火灾、水患、车祸、矿难……每天就是这些新闻塞满我们的耳朵。我们小心翼翼地活着，顽强坚韧还不足以抵挡生活的风霜雨雪呢，如果我们再稍有怠惰稍微多一些脆弱，多舛的命运和酷戾的环境就会夺去我们生存的权力……

若要证明多么轻易地可以让我们复归于无，只需举起手腕凝神片刻那流在脆弱的青绿色血管里的鲜血：人是什么？就是那轻轻一碰就会破裂的血管……这样一具脆弱的、赤条条、生来没有防护的身体，有赖于别人的帮助，任凭命运的作弄。

这是英伦才子德波顿在《哲学的慰藉》中谈到塞内加的挫折词典时说的一段话。其实人不比一张纸、一株草、一朵花更强劲。

这个老人告诉我们，一个人能够健康无虞地活着，已经是一个奇迹了。所以我们不能鄙薄、漠视任何一个老人，即使他卑微，即使他平庸，即使他一事无成，他都值得我们尊敬，因为他比我们更早地越过了人生的众多沟坎，阅历了风雨。更重要的是他依然健康地活着，即使他有所抱怨，那也是他应有的权力，或许更是他抗争命运抵制灾祸的一个法宝——对艰难的对抗有多种形式，可以至柔，也可以至刚，还可以刚柔相济。其实活着就是一种毅力的佐证，不被生活不被灾难所打倒，这就已经非常了不起了。不是还有那么多因厌倦生活或因承受不了生存的压力抑或无法容忍痛苦也无法容忍麻木而提早结束生命的人吗？

我记得有一位僧人曾这样解释过神，他说神就是我们的祖先。我们之所以供奉他们，不只是因为他们给了我们生命和物质文化传承，更重要的是他们教会了我们怎样应对生活，特别是怎样应对生活中突如其来的变故。

我们经常说父亲是一座山，当生活无着、当灾难来临、当横祸飞来，父亲皱紧的眉头、紧闭的双唇、面无表情的神态、僵直的脊背，甚或还有微觑的眼睛，都是抵御的姿态。我们非常欣赏的一座著名雕塑"思想者"，他痛苦沉思的情态在我看来就是一个人类父亲的形象。父亲代表思想、代表智慧，更代表生存的力量——父亲是一个高度，他牵引着我们从幼稚走向成熟。他的阅历、他的生存经验可能是

第三辑 香蒲、残荷、秋水

我们一生都难以超越的,直到我们也成为他那样的老人,有了他那样的经历和生存经验,我们才有可能真正认识他、理解他。许多事情是不经历就不明了的,如果你一生平安顺遂,你就没有办法理解苦难和人们对于苦难的韧性,也就无缘品尝苦难过后的幸福。就像如果一个人从来没有生过病,也从来没有受过伤,他就不会知道生病的苦楚,更不知道疼痛的感觉——疼痛也是有很多种的,利器划过肌肤的刺痛与撞击挫伤的钝痛天壤之别……所以人们才说经历是一种财富。

生活是生活着的人们的,只有我们活到了一把年纪,我们才有可能说我经历过了。

其实人生就是一个过程,结果对于我们自己、对于社会和人类的未来并没有什么太大的意义。特别是一个普通人,那意义就更微乎其微。所以珍视过程比追寻结果在个人生存中更有价值,就像那些农村老人,他们一生可能都不大会说什么,但他们实实在在地做着,生活着,这就是他们智慧于我们的地方。

第四辑

一榻月光

没有什么可以替代

好几次，抬起头来，就看到小区甬路上走着一个老人。看身形与面目，像极了已经过世的父亲，心骤然被敲痛，低头间，已泪流满面。

父亲去世已经将近十个年头了。每到年节，想到的总是母亲，母亲的身体，母亲的精神状态，母亲还需要什么。

很少念及父亲，父亲在我们的记忆里淡下去——时间会抹平记忆，但不会抹掉感情。

平日里，我都是刻意回避这个问题的。因为父亲带给我及我们这个家庭的伤痕太深，父亲的流毒一直影响到他的第三代，侄子被父亲（他走后是母亲）宠得没了人形，加之弟弟异常火暴的脾气，孩子夹在中间就学会了偷天换日，什么都敢做，什么谎都撒。

我对父亲的感情很复杂，父亲不是不温暖，但太过暴戾，太过反复无常。很多时候，我都怀疑他还没长大——他一直都是个长不大的孩子。

小时候的春节，几乎是父亲的春节。虽然我们欢乐喜庆等都有分儿，但谁也敌不过父亲的热爱有加、郑重其事。

记忆中过年最热闹的不是放鞭炮，不是赶大集备年货，不是包饺子蒸花饽饽蒸年糕摊炉糕儿，而是写春联。

父亲是村里少有的几个文化人，字写得漂亮，所以小年之后除夕之前的几天，半个村庄的人拿了红纸请父亲写对子。弟弟小的时候是我负

责裁纸，弟弟大一些的时候就换了他。一个忙不过来，两个弟弟一起上。父亲只负责出词写字，弟弟们一个裁纸，一个把写好的晾起来。晾好后再按一家一户卷起来，以免弄错。这个时候我们就腾出一间屋子来，炕上地下全都铺满了写好的对联，红彤彤，字字句句透着喜庆，透着寄托、勉励与企盼。

父亲的坏脾气到了这时节极度收敛，仿佛换了个人似的。只是时间不会长久，不知什么时候，哪个不长眼又惹着他，他收敛了有些时日的坏脾气就会来一个总爆发。所以我们于喜悦中，总有些战战兢兢不能纵情。

腊月的前半个月是闲适的，天气最寒冷的日子，农村人就猫冬了。如果这个时候父亲能够借到一本书——不管是好的小说，还是翻得起了毛边的杂志、农历、样板戏剧本什么的，他就会忽略掉我们的调皮捣蛋。如果恰好什么都没有，也找不到打发漫长冬日时光的好去处，我们就会过度被注意。他严厉的目光审过来审过去，就会审出我们一大堆毛病。在他实在看不顺眼的时候，就会找茬把我们挨个儿爆打一顿，直打得大弟弟和小妹妹吱哇乱叫、我和二弟咬紧牙关一声不吭。

后半个月如果我们都勤快，都眼里有活儿，而不是贪玩儿或懒惰懈怠，就会避免掉许多皮肉之苦。父亲的聪明智慧与严厉总把我们弄得不知所措，我们在他反复出题、出其不意地考我们的时候——多数时候，大脑一片空白，越怕答错了越是答不上来。父亲的题目即使不偏不怪，我们也不敢随意给出答案，因为答案经常出乎正向思考范围，有点儿现在脑筋急转弯的味道。而在我们尚未掌握那些知识也一无社会经验的时候，思维是不大会打弯儿的。父亲对我们这群笨孩子最简单的处置方式就是打骂，稍不顺心，就熟练地施展拳脚。

父亲一年可能都不干什么农活儿，可三十晚上和初一早晨的饺子一定是由父亲来煮的。父亲三十晚上就把芝麻杆儿抱进灶堂，把芝麻角儿撒在院子里，起五更的时候，踩着芝麻角儿走过来走过去，脆生生的声音在清早的晨雾中响起，和着邻人的鞭炮声。这一切都是严肃的，郑重

的，有所禁忌的。但因为有了那一连串的声音动作，闻着早起人家的青烟，一种暖暖的味道不由自主地从心底里漾起。

　　年初一吃完饺子，在我们家这年就算过去了。父亲不只禁止母亲串门儿——除了必要的亲族乡邻间的拜年，也禁止我们上街疯玩儿。虽然我家不是什么书香门第，但父亲是很看重文化的，所以总是督促我们插空学习——养成爱学习的习惯可能是他最大的心愿。记得小时候他跟我们说得最多，也是村人们常说的一句话就是：毛主席三天不学习，赶不上刘少奇（但毛主席爱学习，所以聪明是一方面，勤奋又是一方面——这是我彼时的理解）。我猜测，可能在父亲心里，通过学习改变命运，摆脱当时的生存状况是他最大的心愿，最迫切的企盼。只可惜，我们懵懵懂懂不大理解，逼得他到最后不得不用"一边儿是高粱面饼子，一边儿是白面馒头，你想吃哪一个"来激励我们。

　　我不知道父亲对于自己对于我们那个家庭有没有具体的计划，但父亲真的没有过上几天好日子。我感觉，他是心有不甘的，但他又束手无策。

　　说到底，父亲是一个学生，他一直没有摆脱掉学生的心态，以至于让这种心态带累了他的命运他的人生，也整个带累了我们的家庭。

　　父亲去世后，我用了10年的时间理解父亲，消除父亲对我的影响，以及他带给我的累累伤痕。我想，在我们受伤的时候，父亲不可能不受伤，而他对于自己的伤害，应该是双重的。

　　只是，我这份儿理解，太迟了！

　　还有就是弟弟和侄子，他们之间的紧张什么时候才能变得和缓柔软一些呢？

第四辑 一榻月光

繁华落尽

　　我们可能都有机会有可能走进一处过去的繁华地，当你站在昔日车水马龙的街头，站在辉煌的废墟上，你是否也和我一样涌起一种莫名的情绪，一个著名的句子从记忆深处飞奔而来，撞破你的思绪，给你眼前的景致打上一个历史的烙印：南朝四百八十寺，多少楼台烟雨中。

　　当然，我们如今的繁华无法跟过去的辉煌相比，那是有楼台的，那是有文化的，而我们现在的繁华少了文化，多了浮躁，更多的是金钱和欲望的堆积。

　　但这么快就繁华落尽，还是让我有一些讶异。曾几何时，这里是多么热闹，它集中了这个城市最多的商品，最大的人流，最强烈的渴望，最前卫的元素。还不到十年吧，这里就已冷落成都市里的一个角落，虽然依旧紧挨着最繁华的街区，却已经寂静地仿佛被这个世界和这个世界上的人们都给遗忘了一样。

　　那天因为赶时间，我从商城后门出来，想抄近路穿越城市的中心地带而过，就走到了那一片废弃地。这里是原来我们非常熟悉的，可那天像突然走进了一个陌生的地方，有一会儿我甚至怀疑自己是不是不该图省事，更疑惑自己还能不能走出去。它东一道倒了一半儿的短墙，西一块陷下去的土坑，这边出来一块半塌的房山，那边又缩进去一个豁口。想当初我们倘徉其间的那分悠然还在，眼前却是另一个世界：脚下的路高低不平，垃圾场一样，四周被小山一样的建筑与生活垃圾包围，让你找不到一点昔日繁华的影子。有一刻我甚至恍惚了，这就是当年的小南门市场吗？我努力寻找着当年繁华的影子，有硬路面的地方应该是过去的那条步行街吧？如今也被垃圾覆盖着。它两边应该是挨挨挤挤的店铺，那家毛线店可是我进出最多的店铺，老人孩子的毛衣裤所用的原材料都是从这家店里买的。还有对面的一家布店，那个年轻的店主很懂流

行趋势又极具艺术眼光，可能是她最早把蓝印花布介绍到这座城市，还有巴厘纱、棉绸、蜡染、扎染……她的目光影响着这个城市的色彩，影响着女人们的心情。

布店隔壁是一家被服店，被服店旁边是这个城市最早的一家国营理发店，那里有一个老师傅很受一些老派儿人们的推崇，他的活儿地道，人又热情，因而就有一批固定的顾客。我原来的一位同事就是他的常客，不管多忙多远，她只找他一个人做头发，就是他实在忙不过来，她宁肯白跑一趟，也不肯让别人尝试。

再前边是一家鞋店，好像我的一双白皮靴就是在那儿买的，我喜欢那种颜色的娇俏，尤其是走在深冬一片灰黑里的个性与独特，但我不得不沮丧地跟它告别，它一脉相承地因袭了经济复苏期剜不掉的顽疾。那漂亮的皮靴是用纸夹子做的，涂了白漆，我只穿了不到十天。

它的对面是一间内衣店，大概这家内衣店是最早把内衣从众多衣物中分离出来单独展示给顾客的一个，它把那些很长时间都属于极端私密的不容外人所道的东西晾晒在大庭广众之下，让人们对自身的审美不再犹豫，不再遮掩。

内衣店相邻着一家针织厂的展销部，家乡的同学的冰蓝色毛衣就是在那里买的。样式不甚时髦，但颜色绝对现代。

街拐角处还有一家副食店，那也是国营的，在使用票证的年代，我们每个月都要从那里买白糖豆制品什么的。后来也改成卖服装鞋帽了，副食被赶到外面，在门前搭了一排架子，放上一些铝盒子、大笸箩什么的盛放瓜子、花生、饼干、点心、糖果、水果，所以拐过街角，我们最先看到的是这些东西。但多数时候，我们的目光不会在它上面多做驻留。

拐过街角往西，就是新华书店了，店面不大，但拥挤了这个城市最渴望知识最想了解这个城市之外的世界的人们。

我忘记了最重要的一处场所，步行街的北头是一家影院，但现在我找不到它的准确位置了。那个时候我们每个月都要去看一两场电影，那里可能是那个时期为数不多的几家公共娱乐场所之一。至今记得有一次从里边出来儿子说的一句话，那次看的是下午场，走出影院太阳还没落山。奇怪的是，那些跟我们一起看电影的人不知怎么一下子就蒸发了似的不见踪影，就连门前看车的老太太也不知去向了。我不知道是我和儿子还没从剧情中跳出来，还是影院内外的巨大反差恍惚了我们的意识。即将落山的太阳圆圆的，又大又红。儿子突然有一种身临其境的空旷与惊惧，他指着西天的太阳说：妈妈，怎么这么静啊，就像在戈壁，大漠孤烟似的。我也感觉到了那种阔大的静，热闹背后的冷清与空寂——店铺都关门了，街上一无行人，西斜的太阳照在木质的门板上，只有那么一点点余晖式的温暖。那些人呢？这个街道每天被多少人踩踏着，而此刻它却像个休憩的老人，平静而安详……

相对于浓烈而奢靡的繁华，我可能更喜欢繁华落尽的这一种苍凉，它虽然满是衰败和灰颓，但也少了浮躁，多了沉寂。它是冷静的，甚至是冷寂的，适合于思考、回味和怀想的——怀想它曾经的历史瞬间。

走在原来熙熙攘攘的商业街道上，我依然能够在一片瓦砾中读出昔日的热闹与喧嚣。这就是时间的杰作，只有它能带走一切，既带走萧条，又带走繁华。它让我想到那些废墟，哪一处废墟不是人类曾经生活过的痕迹，哪一处废墟不是曾经繁华的佐证？其实时间和历史都不偏爱或鄙薄哪一处所在，拥有和曾经拥有是一样的。你拥有繁华，就不会拥有静谧，你此刻拥有，并不说明你会永远拥有。一切都是相对的，暂时的，只有时间循环不居地流动着。

当低俗成为一种习惯

本来不想说什么，但看到满大街打着小沈阳烙印的二人转和变形二人转以文化以艺术的名义占据着人们的休闲时光又如鲠在喉，不吐

不快。

多年前去东北旅行，在一家大型商场的楼梯拐角迎面与二人转撞了个满怀。我不明白那商场为什么会允许店家高分贝地播放这东西，就在我愣怔之际，同行的朋友便极力向我推荐他们引以为傲的这种本土"艺术"。那时我对这种东西知之甚少，于是就在朋友和售货员的双重蛊惑下买了一套碟片。

回到家把它朝抽屉里一丢就放下了。我平时对于电视节目都很少浪费时间去看的，更别说碟片了。束之高阁很长一段时间后，爱人不知翻什么东西捎带把它翻了出来，塞进VCD里播放，我只看了不到五分钟，即令爱人关机——那根本不是艺术，也不能算什么文化，只能说是民俗中的糟粕。损人揭短，极尽挖苦讽刺之能事。而最让人无法容忍的是语言和意识的下流，有关性的幽默和假幽默贯穿始终。爱人用快进的方式从头到尾把几张碟倒了一遍，几乎每张碟片都是同样的东西，每个节目性都是它的"文眼"，是逗引观众聚焦的不二法门儿。如果用低俗两个字来概括其内容，对它来说也太轻描淡写了。我很奇怪，这东西是怎么样出版发行的呢？难道就没人管吗？我更奇怪的是，别处生长的民间艺术大都雅俗共赏，苏州评弹、山东吕剧、河北梆子、河南豫剧、陕西秦腔、川剧变脸、天津快板儿、沪剧、黄梅戏……哪一个说出来不是响当当的艺术形式？而东北在民间影响最大也最长久的大概就是二人转了。二人转说白了，就是准黄色段子（大部分或者说绝大部分，尤甚是打着民间名义的），只是我、我们很不明白这种东西为何在这个地方出现并形成气候长久地播散开来？之所以说我们，是因为不止我一个人有这样的诘问，一位历史教师就曾与我探讨过这个问题。我们从气候、从流放文化与徙徒心理、从民俗传统以及经济落差中找原因，但都似是而非。早年村庄里有一个人在东北拉过帮套（这是农村人对两男共一妻的民间说法），听老人们说这件事时年轻的我们甚是不解，以中原孔孟文化之余荫，这种事无论男人女人都是不大能够接受的。比这个人更老的老人们的理解是：你们没有过过艰苦的生活——如此，我们似乎可以得出这样的结论：日子可以把人抟圆捏扁。虽然生活不是一个简单就可以说出

口的词，但年轻的我们还是对这种生活或者说生存方式很不以为然。

中华民族向以礼让、谦敬为处世修养之道，"三人行必有我师焉，择其善者而从之，其不善者而改之"、"勿以善小而不为，勿以恶小而为之"、"推己及人"等朴素的道理早在1800年前就教正着我们的行为作派，它潜移默化地浸入我们的意识，成为我们的精神准则和道德操守。

知耻是一个人不至于堕落的道德底限，然而，现在很多人不知耻。昨天在公交车上，一路上都在听一个女孩子跟人讲电话，粗口、黄话连篇，声音大得你捂紧耳朵都不管用。泼妇撒泼耍赖打情骂俏的那些手段都派上了用场。她呜哩哇啦旁若无人，一车人就真的遁了形迹般鸦雀无声。

当一个人在公众场合的言行举止没了耻感，所有其他人只好退守一隅，被迫审丑。

文化或者说文学艺术带给我们的应该是先进的、文明的、有教养有水准的精神享受，是可以温馨生活慰藉心灵的，而不是相反。然而我们从近几年或近十几年媒体端给我们的文化艺术大餐中很少享受到这些，特别是娱乐节目，某些媒体的文化霸权逼迫我们不得不同他们站在同一文化素质与欣赏水平线上"审美"。霸权让大众集体失声，或者虽然不失声，但它可以视而不见，闭耳不听。以调侃残疾人、讽刺弱势群体、（好一点儿的是）自轻自贱来博上位攒人气的娱乐节目大行其道，就已经把整个中华民族的整体素质和尊严感拉低了。无论如何，把生性低俗下作的东西打扮成文化是说不过去的，真正的文化艺术不是这个样子，它应该给人以积极向上的力量。

当低俗成为一种习惯，人类就远离了文明，个体就远离了心灵。

一个健康的文化情态是有它自身的淘洗功能的，就像大浪淘沙，滚滚向前的一定是具有勃勃生命力的部分。

其实我并不反对在节目或影视剧中插入广告，只要顺理成章，倒也无妨大碍。我反对的是内容的低俗与意识的下作。如今有一个问题是我们不得不正视的，在大多数公众场合都充斥着黄段子、粗俗不堪的玩笑，或黄色暗示。轻贱别人，也轻贱自己。语言暴力在这个年代已经被彻底忽略掉了，甚或没有这些东西某些场合还显得很"冷清"。鉴于此，你的神经得足够强健，你的尊严也须提前扒下来当抹布扔到一边（哪怕你离开后再捡回来），不然，你就没办法在人群中待上10分钟。严谨与自爱成了最稀少最罕见的东西，灵魂也已早被弃之荒野。

当低俗成为一种习惯，耻感就消失不见了。

每当遇到这种境况，每到这种时候，我就习惯性地把自己放置在一个角落里，闭塞视听。如此，尚可离流俗远一些，离自己的心灵近一些。

行走的姿态

对于人妖表演这种舶来的垃圾文化，我是从心里抵制的。但是我的排斥有点儿螳臂当车的味道，在强大的经济利益驱动下起不到任何作用，所以我只能管住我自己，不去随波逐流。

人妖本来是在国外，是在距我们千万里的地方、别国的畸形心态与畸形文化存在，应该说与我们的生活与我们自身的行为没有太大关联。但当经济一体化的浪潮袭来，当地球变成一个村时，它就成为我们必须思考与必须面对的一个问题了。

既为人，又何以在后面加缀一个"妖"字呢？我想这一定与其缺失了人的某些特质，又多出了人（自然人）所不具备的某些东西有关吧？人与妖联系起来就不伦不类了，如同我们中国过去盛产的太监，不男——失去了男性性特征（人为的），又非女，更非妖——妖还会一些幻术。这些人可没那么大本事，他们唯一可资利用的就是人们的阴暗心理和不伦不类又出类拔萃的姿色。说到底他们是在性这个领域，以隐晦、暗示、暧昧的方式触动与诱惑着人性中某些灰色的意识，以达到其攫取金钱的目的。妖字本身就有媚惑的意思，它在现代汉语词典上的解释是邪恶而迷惑人的。

我揣度人们在观看人妖表演时的心态应该是阴晦而残忍的，带着扭曲的感情去体验另一种更加扭曲的东西。当然人妖们可能不这样想，他们努力摆出一副媚态抓人心魂，目的只有一个，赚钱——赚取比正常艺术活动多若干倍的钱。据说人妖的寿命只有４０几岁，最好的年华是十六七岁。因而他们要趁年轻，趁着还有姿色的时候多赚一些。这样看来人妖表演是以生命为代价的自戕与他戕行为。既已走上这条不归路，就只有硬着头皮一直走下去了。我不能臆测他们没有灵魂，但我担保他们的灵魂是痛苦的。把人变成非人，本身就是一种极不人道极其残忍的事情，人性的撕裂、心灵的扭曲、文化的异化等共同异造了这样一个群体，他们从精神到肉体都是残疾的，而看客呢——他们的心理状态也不见得有多么正常多么健康。

人妖在某些方面可能还不如太监，太监怎么说还算是一个有用的群体，虽然他们是以病残之躯服务于一个病态的王朝或是一个专制的君主。虽然这种方式的劳动有悖常情，但他还是靠劳动来获取生存资料与生存空间的，而且在某些方面还有人的某些权力欲望——可能是被加强了的，比方说干预政治，还可能成就某项事业。据说郑和就是太监，而他完成了古代航海西洋这一壮举。人妖就不同了，他们基本上没有什么实用价值（大概也只能以价值论了，人生的意义对于他们而言大概是很奢侈的事情）。这个群体只是为了供人们取乐，为取悦某些人的某种不健康的性心理而存在的。

第一次在国内、在我们的一个小城看人妖表演，心情极其复杂——那次是陪客人去的，不陪不合适，陪着又与我的主观理念相悖，在路上走时我就委婉地表示：这种垃圾文化我们国家应该明令禁止输入的，但不知什么原因输入了进来？客人笑说我知道你什么意思，我们批评着看。你也不要装着不理解，现在是一个经济时代，经济主宰一切。有需求就有市场，有市场就会有供应，不然那些有需求的人还得到国外去看，那不是还得花外汇吗？让外国人赚咱中国人的钱，不也是一种浪费吗？

批评着看——需求,这是不是又是一种话语圈套?的确,有需求才会有被需求者,供应方也就应运而生。这似乎顺理成章,无可厚非。但是,人不止是为金钱活着的,不然也就不会有物质文明与精神文明之说了——而精神的清洁才是真正的文明。在观看人妖表演的时候,我们有没有分出一点儿心思去想一想除去商业利益之外的生命的尊严与人性的悲悯、文化的良知问题?我们那么讲究和提倡以人为本,为什么在这件事情上我们就不思考人本问题了呢?只因为他们不是我们的同胞吗?这种非人、非鬼、更非妖的生灵还有人的尊严、生命的尊严吗?我们怎么忍心看他们遮蔽灵魂的表演,并在他们有意无意的挑逗下哄堂大笑身心愉悦呢?此刻,我们的悲悯心哪儿去了?

我知道,如果不从根源——需求——上彻底根除,就会不断有人失去生命尊严、失去生存意义而遭受身体与心灵的双重戕害。人妖在失去生命尊严与生存意义的同时也失去了人本意义上的乐趣,这样的生存还是人的生存吗?我想应该不是的。既然公众在意识上已经把他们定义为人妖,他们就已经失去了人的生存价值与生命意义,他们作为一个原初意义上的人已经死了,而变成介于人与鬼之间的娱乐工具,这还不够悲惨吗?我们经常鄙视那些卖笑女子,却对这比卖笑女子更可怜的群体抱持暧昧与把玩态度,我们在探究太监疯狂抓权敛财的扭曲心理时,是不是也该反思与探查一下我们染垢蒙尘的灵魂了?

跟我的希望正相反,如今国内人妖表演之盛,场所之多令人——不,是令我——瞠目,连一些边远小城的大众娱乐场所都有了他们的舞台。而且据看过的人说其表演也越来越过"火"——衣服越穿越少,动作越来越色情。不知是为了掩人耳目,还是让它更具诱惑性?有的已经不再那么直白地统称为人妖表演了,这类节目的名字已经五花八门,比方说"红衣人"(我就差点儿上了这名字的当,亏得提前问了一句什么叫红衣人,在得到了导游的答复之后我坚决地拒绝了)。另外据说有些人妖也不再从国外输入了,我们的同胞已经加入到这个行列——云南就有人将六七岁长相娇好的男孩儿送去国外学表演(这是一个人妖表演前的自述——但愿此说不确)——这垃圾文化这么快就戕害到我们的孩子

了，我们是不是应该警醒了？

也许有人会说我小题大做，谈虎色变。其实不然，一个不知自醒的人是很难辨别是非的，而一个是非观念不清的人还会有清晰的意识和行为准则吗？我不想继续推导下去，我想作为一个人成熟的标志就是有明确的世界观与是非观。恕我大胆假设一下，如果哪天有人把我们的文化垃圾——太监——再重新捡起来输送到某个王国的宫廷，我们会怎么想？也许那个时候你就会一边骂着谁这么给中国人丢脸一边动手拍他几板砖。现在贫富差距这么大，说不准哪天哪个人实在无法生存下去了，或是出于什么别的原因也想到这条路上去，我们是不是就要给祖国的文明抹黑了？既然是文化垃圾，就应该摒弃，把被人唾弃的东西捡起来并且看得津津乐道，想想这是什么心态？

也许你像我一样是出于无奈复杂着情感去看的，但孩子们呢？当你带着孩子走进这种表演场所的时候，你有没有提前给孩子打打预防针，给你的儿子或女儿说清楚它所为何来，你又所为何去——那不只是新鲜刺激，你有没有考虑过孩子的心态、孩子的感受以及孩子所受的影响？

我知道我的反对之声之于人们的观看热情无异于杯水车薪，但我不会因此而默不作声，就像我一位非常敬重的老师说得那样：不要因为你做的事少人赞同与响应就不去做，你做了，这就是你的姿态。

我想，一个人在世上行走，还是需要一个姿态的。

佛不是用来求的

某天，儿子来短信问：妈妈，哪儿的佛求着灵啊？

我笑了，回复说：哪儿的佛都灵，只要你真心，拜佛其实是拜自己的心，你把自己的心弄清爽了，就万事无虞了。

儿子没再回复，我知道他懂了。他没有再问下去，这就是一个标尺，一个理解与成熟的标尺。

好像求佛是我们日常生活中太习惯的一个思维动作，不论是家庭发生变故，还是要办什么大事心里没底，或是为了取一个好兆头，再或身体有疾医治无望，更或是被痛苦折磨地无法承受，还可能是对生活彻底失望，对生存毫无耐心的时候，都会不由自主地想到佛，想到要求一求这位精神领袖和我们的主心骨。

在老百姓心里，佛能化解一切矛盾和痛苦，祛除一切疾患及生活中的不良因素。在老百姓眼中，佛不仅有化疠气为祥瑞的超常本领，佛还有体恤民心的大善大爱之心——悲悯是佛的精神主旨。佛知万物，佛懂万心，佛无所不能，所以，你只要虔诚地求情于他老人家，你的一切不良遭际都会得到化解，你的所有美好祈愿都能够得以实现。

所以一种宗教在普通百姓那里就掺杂了许多感情的因素，变得不再是一种哲学，而成为生活中一种较为实用的东西。这种东西契合着人们的精神需要，作为人们的心理慰藉，久而久之就变得不伦不类，宗教不再是宗教，而带上了迷信色彩。

其实人人面对重大事件或解决不了的困难、排解不开的情绪时，都需要心理补偿，精神慰藉。理性一点儿的就会寻求朋友的帮助，寻求解决的途径。实在解决不了了，也会有一个客观的分析。感性一些的或许就会救助于某些不可知的神力，比如到街头问卦占卜，再或到寺院烧香许愿。给自己心理找一个寄托，给事件找一个解决不了的理由——天意，这是天意啊，老天在暗示我们。俗话说：人在做，天在看。佛菩萨盯着我们呢。在事情看不到结果、找不到头绪或看不到前程的时候，这是人们惯常的思维模式。

面对庄严肃洁的佛像，我们不由自主地跪拜下去。这个时候我的心是空的，大脑一片空白。整个人一下子就融入了大自然，融入了自然的运动声息。这个时候，我听得见塔铃的叮咚，听得见后山的鸟鸣，听得见寺前泉水的流动。这一时刻，阳光洒满世界，微风轻拂，竹林、云

海、松涛、小溪尽入心间。闻着草香的清煦，世界澄明一片。

当你在佛堂跪拜时，常有拜山人在一旁指导：许个愿吧，为保家人平安顺遂，为保父母康健，为保丈夫妻子事业蒸蒸日上，为保儿女升学顺利，为……——奇怪的是，我一听到这话心就慌，它满满的，乱乱的，仿佛有人塞了满胸满怀的东西给你，让你手足无措。心也慌乱地无处搁放，既说不成句子，又找不到心愿。这个时候，我就把他们劝走，或是找没人的时候再拜。我还是觉得自己心里空着好，这样安宁平和，它符合我的性格，符合我的精神趋向。

所以我从来不向佛求什么，我知道佛不是用来求的。我喜欢听寺院的钟声，寺院的钟声很悠远，听起来那么静，那么美。它穿透时空，穿越历史，世界就有了深度和广度。喜欢云板轻扣的清寂，那声音仿佛真的来自云端，辽远而空溟。喜欢长满苔藓的石板古道，阳光斜穿树林，在铺满落叶的小径上斑驳着。喜欢古寺边那一束溪水，汩汩地流着，仿佛静憩无声。喜欢那一种肃穆洁净的环境，喜欢那一种清洁的精神，喜欢那一种空阔的视界，喜欢一种无比悲悯的胸怀。如果说我有愿望的话，我也只是祈望自己拥有一颗安宁的灵魂。

拜佛即拜自己的心。佛教讲求"因我礼汝"，佛像庄严肃洁，我们以恭敬心拜下来，佛像只是一个代表，拜则是拜自己。拜自己的什么？拜自己的心，自己的虔敬。你的心清洁干净了，污浊的东西就不会找到你的心上，泼到你的身上。

任何宗教的最高境界其实都是一样的，不求你崇拜，只是借助一个外物来促使你产生恭敬心。用佛教的语言说就是一念恭敬本身便已净了自己的心，这就是修行。

常跟远在四川的一个寺院主持聊天，当我向他诉说烦恼的时候，他说得最多的一句话就是不要去想了，放下。放下就解脱。我问不去想了就能放下吗？他说放下也需要智慧啊，如果是真的放下，那是很自然的，很安详的，在有意无意的时候，都是心的无着。我说我一直认为自己是活在心灵世界里的人，可怎么还有这么多世俗的烦扰呢？他说因为你心在世间。

——那么说我只能出家才能解除烦恼了？

他念一声佛号，说：佛陀是在人间成佛的。

我也曾经很委婉地问过他喜欢什么，他说什么都喜欢。这句话仿佛在我心上猛敲了一下，我即刻便理解了佛法，理解了他们的作为。我当时只说得出一句话：您太智慧了，智慧得让我无语。

为什么这么说？他跟着问了一句。

我惴惴不安地解释：您说都喜欢，就是对待世间事物平等啊。您已经修行到那么高的境界了，我不就是太表浅了吗？

仰止在佛陀，完成在人格。人成即佛成。我喜欢佛教，就是因为它贴近人性，贴近我们不断提升品格的精神需求。

一榻月光

这一刻，全世界都静了。

楼前正在施工建设的房子已经到了顶层。白天的喧嚣在这一刻也哑默了，塔吊呆立在秋空下，它头顶的月亮在云层中穿来穿去，忽隐忽现。今天本来应该有雨的，天气预报说是阵雨或雷阵雨，但一直没下，天阴翳了一整天，到傍晚时太阳露了一下脸，以为天就此恍开了呢，谁知少顷，它就又闭合在云层里了。

秋天的夜空比之另外三个季节更高远，即便有云层覆盖。飒利了许多的秋风在楼宇间飘荡，院子里的植物和院子外公共绿地上的花草树木摇曳婆娑，背后是进入午夜的不断变换的电视画面，还有爱人超强的鼾声。远处不时掠过的警车尖利的笛声更加重了夜的寂静，世界就这样步入睡眠。

这已经是第几个晚上了？自从那一弯新月不经意间闯入我的视野，我就在这个时间站在窗前，凝视着户外高远的夜空。月亮是淡黄色的，它周围的云朵给了天空特别的光晕，极具影视画面中故意制造的艺术效果。外缘是不规则的红，中间部分淡黄。大概云层过于厚重的缘故吧，星是看不见的，只正上方一颗偶尔钻出来点缀一下天空，亮亮的，让你误以为那是静止不动的飞行器。然而即便月亮隐逸在云层里，塔吊上"山东大汉"几个字依然清晰可辨。

天真的凉下来了，月光如水，夜风如水。斜倚在榻上，风和着月光从打开的窗子里扑进来，凉凉地，水一样拂过丝质的睡袍，这轻薄的东西就再也禁不住夜风的沁凉。才几天工夫，上周从天津回来时还热得头晕，一场秋雨来过，气温就整个降下来，昼夜温差拉大了距离。季节真的很神奇，立秋的第二天，走在马路上，每当风起，就有树叶飘落，让你瞬间便感知了秋的悲凉。

夜深透了，纺织娘不知藏在哪棵植物的枝叶间鸣叫，吱吱吱吱的声音格外清脆。院子里应该有一只蟾蜍，我经常看到它，也不时被它吓一跳，可我几乎没有听到它的叫声，所以，我不确定蟾蜍是不是会叫(当然它肯定会叫的，只不过我没听到过罢了)，但我知道它不像青蛙那样吵闹，即便你惊扰了它，它也是不慌不忙的，在你手起后才慢吞吞地跳开，而青蛙总是在傍晚和清晨放开喉咙尽情聒噪。

地里能够发出声音的虫不只一种，从质地中可以分辨出来，它们拥有不同的音质，不一样的音频，尖利高昂的，低沉回环的，短促的，舒缓悠长的，连续不断的，偶尔露峥嵘叫一声即戛然而止的……虽然我分不出它们属于哪类虫鸣，但它们一起合奏着，构成夜的宏声。偶尔晚归的夜行人，车灯扫过时，它们或许会有片刻的安静，也或许一只野猫蹿过来，打断它们的悲鸣——的确是悲鸣，这个时候的虫鸣没有了夏夜的欢快，也没有了夏夜的热烈，它们是清寂的，清寂中带着沉郁，沉郁中包裹着悲凉。这就是秋哦，秋就给人这样的感觉。植物的阴绿也是一种繁华过后的悲凉，虽然果实亮丽地在枝蔓上招摇，但叶子已不再脆绿，变暗变黄的叶片昭示着它生命的旺盛期已经过去，只有属于这个季节的

植物才可能有点亮你眼眸的朝气蓬勃。

月亮一点点移动着,从窗口的左侧一直移到右侧,这样,我斜倚榻上也一览无余了,而那一榻月光让你想起某位诗人的句子。潮气泛起来,飘浮在空中,天空就雾濛濛的了。月亮像裹了一层薄纱,光就晕得很开,也越发淡黄,很快便朦胧一片了。

此刻世界是如此静丽,如此曼妙。想必盛载了全世界人们梦想的奥运赛场也在这一刻安静下来,放下一天的疲惫与喧闹,静静地休憩着。身在平武援川的朋友,她也沉睡在弥漫着异乡青草气息的梦乡里了吧?还有那片多灾多难的土地上的人们,在这样一个清幽的夜晚,是否能够拥有一个不被搅扰的梦?

8月1号6.1级余震之后,好几天没有她的消息,我们试了很多方式——电话、短信、网上留言,但所有线索都中断在那黑黑的屏幕之外。那样一个连小小的儿子都要站出来小心呵护的娇娇弱弱的女子,跑到那么高远那么艰苦的地方去,本身就让我们揪着一颗心,她是我这段时间最大的牵挂(如果有可能,我是一定要跟她一起去的)。在得知她去平武援建乡镇卫生院时,我仔仔细细上网查了一下,那是个高原小镇,居住着藏族的一个分支——白马藏族,那个民族在服饰上的最大特色是帽子上的白羽毛,她们所在的虎牙乡平均海拔在3000米以上,条件比较艰苦。灾后的震区,即便原来比较富裕的地方,也变得满目疮痍了——当然这小女子也做了足够的心理准备。我们经常以那个地方的自然风光和清爽的风和甘洌的水来鼓励她,经历是一种财富,即便苦累,它都是远离震区的人难以体验到的,没有这段经历会是人生的一大缺憾。只是那种艰苦与寂寞会侵蚀他们的身心,尤其是停下来、夜深人静的时候。就像这个夜晚,她是否也和我一样,倚在窗前,望着一轮满月,倾听夜声,想念家乡,思量一些离自己心灵自己感觉最贴近的东西?

夜深得彻底了,虫们也停止了鸣叫,一天中最静的时刻就这样到了。天上的月亮早已移出窗口,夜露深重,我轻轻拉上窗子,把潮气挡在窗外。双臂湿滑,凉凉地,睡衣也柔滑如水。我喜欢这样的感觉,一个人,在全世界都沉入睡眠中时,我独自清醒地享受着整个世界,享受着夜为我带来的静谧与温馨。

再过几个小时,就会市声又起,寂静不在的时候,你很难属于你自己。所以,我一直喜欢一种置身事外的感觉,喜欢独处时的那种自在与散逸。

想象一个朋友的家乡

我想我是一个孩子,或是一个流浪者,孩子和流浪者最大的重合之处是他们对自己所不曾经历的事情抱有极大的好奇。世界是未知的,而他们想知道一切。

我经常在自己始料未及的时候发现世界的神奇,当我准备去发现什么或试图想去发现我之未发现的时候,我大睁着眼睛,迈开双腿,游走在可能的发现之旅时,可能并不能如我所愿。而在另一些时候,却有着无心插柳的意外。

更多的时候,或是说在我无法从工作或是生活中暂时抽身的时候,我会闭上眼睛,想象一个我的双脚未曾达到的地方,这个地方一定是跟我有距离的,不论是空间的,还是文化的、习俗的。我想象那一片土地的模样,想象那里的山川河流,想象那里的植物,想象那一群人的生活,甚至想象一口水井,想象一棵柳树,想象一块沙砾,想象一株荞麦,想象一滴露珠怎样在夜晚降临,又怎样在清晨的阳光下遁身;想象一阵风怎样从远处袭来,悄悄地或是暴戾的;想象芦苇迎接它的姿势,婉约或振荡;想象一只蜜蜂对花的亲吻,想象一只蝴蝶对植物的依恋,想象一只兔子畅快的跳跃,想象一驾马车行驶在苍茫的月色中……

那天跟一个来自甘肃天水的朋友闲聊,她说她已经两年没回家了。望着她孩子气粉白水嫩的脸,我的心突然动了两下,我若是这孩子的母亲,我该多么不舍又多么思念啊。我抽了抽鼻子,说你们那里的人是不是都像你一样白皙啊?她说是,都很白,脸上两团红晕。呵呵,就是你说的"红二团"。我也笑了,这是我朋友说的,我到西安,给宁夏的朋友发短信,说住在甘肃会馆了,这朋友就回短信说了这样的话。

我对天水没有很深的了解,只对甘肃在地图上像勺子似的弯弯的一条印象深刻。我也只记得别人说过天下黄河富宁夏,但不知道它是不是也富裕了甘肃,不然那种高原地方,怎么会出落出如此漂亮的女子呢?这小朋友人见人爱,皮肤细腻水润的如同刚出生的婴儿,奶白奶白的。因此我就对那个地方充满了好奇,几次谈起我都说你再回家的时候我跟你一起去。这次我们又谈起来,我说你夏天回去吧,那个时候好玩儿。她说是啊,你去过农村吗?我们那里有很多好玩儿的地方,饭也好吃……我打断了她,说你给我们说句家乡话吧,我还没有真正听过甘肃话呢,虽然认识几个甘肃人,可大家都说普通话,一点儿意思都没有。她忸怩了半天,说我们听不懂。在我们的一再要求下说了一句,我马上学着说了一遍:哦,跟陕西话差不多。我说你不用当翻译了,你就当导游吧。

她的家乡话一出,我立刻想到了陕西和与陕西相近的地理地貌,我想应该是相近的吧,俗话说一方水土养一方人,他们有着相近的口音,自然风俗也大致相同吧。我说让我来想象一下你的家乡吧,她笑了:好哦,看你能不能想象得出来。

我闭上眼睛,想它应该是那种比较开阔的地方,过去说旷野长风,现在不会了,但比之我们这里还应该是地广人稀的。是那种似塬的黄土地,有着雨水冲刷的沟壑,有着浪涛一样起起落落的地貌,比黄土塬多的是上面点缀的沙砾,透露着远古曾经洪荒的信息。山不算高,没有多少石头。石头不大,也不尖利。漫山漫坡都是那种砾石,圆圆的,踩在上面很硌脚,也很滑人。视野很空阔,树不高大,多是灌木,丛生。草黄绿色,毛绒绒地铺满山坡。小河很清,有沙,可以挖出我们这里叫泥猴或江米猴的那种硬硬的类似化石的小东西，我喜欢它们精巧的造型，那是我小时候百玩儿不厌的。小时候，拉沙的车一来，我们就蜂拥而上，扒开表面的沙土，寻找着那些奇形怪状的小东西。一有收获，便爱不释手。那可能是我们以后很长时间的玩具，也可能是我们最早的收藏和原始艺术品。

我想那应该是渭河的上游吧。河水很清，小溪的样子，汩汩地流着，似无声响。

她说不对，河水很宽阔。

是吗？我突然想起了东北河流的样子，还有我刚刚看过的黄河。宽阔的是河道，线细的是水流。激越宏阔的水走了，留下了宽宽的河道和水痕。有人说曾经沧海，那么它就是始于脚下这细细的一束吧。

春天来临，大片的油菜花黄灿灿香气袭人，清风拂来，摇曳如诗，动人心魄；春深了，紫色的苜蓿花又振荡了整个原野。还有荞麦，可能还有莜麦——那是在秋末，紫红色的荞麦茎上缀着白色的小花。她说，不是，是青稞，我们那里没有荞麦。哦，你们那里还应该有美人蕉吧，就是长在河边或是水塘边的；还有茅草，很青苍的那种。她笑了，不多，我们那里有毛毛。毛毛？我愣了，她解释说就是那种长着毛毛穗的。——狗尾巴草！还应该有罂粟，罂粟花非常漂亮，香气袭人。有浓阴和高大树木环绕的地方，就是村庄了……

村庄不大，一条小路蜿蜒着，伸向每一座院落。土墙高高低低，有风霜的侵蚀，有时间流过的痕迹。有乘月归来的农人，有我久违的炊烟的味道。它袅袅地，随风送到我的鼻腔。这时我就该馋你们的小吃了，因为是沙质土壤，所以土豆特别绵软，水果也特别香甜，做出来的饭食也就特别有味道。西北人习惯吃面，每次跟朋友通话，他都说吃面呢。所以像陕西腰带一样宽宽的面、凉皮是我熟悉的，还有饼、馍等各种各样的小吃，很丰富，而且小饭店特别干净。不像我们这里，到处油乎乎的。我感觉应该是的，她们粉白水润地站在干净的小店里，用浓重的家乡话招呼着客人……

我突然想起宁夏朋友说过的"五月份麦子还盖不着乌鸦的脚面"，

就笑了,所以想象一下那里的别一种风情别一种韵味和在那种风情那种韵味那种背景下的生活还是很有意思的。

只是我想象不出麦积山的样子,还有它的石窟。之所以想象不出它们的样子,是因为我知道那里没有什么石头山,它的石窟就让我无法想象,其实有很多东西是我目前不好解释的,就说陕北的窑洞吧,人们怎么会在一座座土山上掏出一个个家呢?这些就形成一个谜团一样的东西,诱惑着我。有人给出的解释是我们从洞穴中走出来,所以他们还残留着远古生活的影子。

也许吧,我们是秉承着祖先的生活习俗走到今天走向未来的。我生活在平原,平原没有这样的便利,所以我们得盖房搭屋。我们也有如洞穴一样的窖,但那是储藏食物的。十里不同天,百里不同俗。我就是被这些差异和区别吸引着,终究有一天,我会踏上那片陌生的土地,去拜谒和触摸我所不熟悉的一切。

正是这些差异成就了我的流浪,丰富了我的认知。

民族·国家·我们

朋友们在一起谈天,说到了20世纪80年代末"风行"的一个作家王力雄的三部曲中的两部——《天葬》和《黄祸》。

《天葬》似乎还有印象,记得好像是那种粗制滥造的东西,花花绿绿的,像地下印刷品,不用说也是盗版货。在那个年代,盗版水平极差。正规渠道买不到,也就没有追着盗版的看。

我特别害怕过去那种盗版书,错字别字错行串行到处都是,意思你得猜,有时猜半天还一头雾水,那简直是对阅读者极大的精神戕害。

更为棘手的是，彼时我正处在家庭妇女比较彻底的阶段——单位一大摊子事，孩子尚小（刚刚咿呀学语，走路磕磕绊绊，一会儿都离不开人），爱人远赴省城进修，我一个人既当妈又当爸。爱好文学，喜读书，但时间有限，非经典不读，所以对时下热炒得红透半边天的《天葬》只看了一眼封面也就再没兴趣翻下去了。至于《黄祸》则毫无印象，朋友说时我还以为是《惶惑》呢。所以，当朋友热赞这两部据说因泄秘与大胆披露某些社会弊端与政治黑幕而被禁的著作时，我茫然愧然。

我知道，社会上有相当一部分人是非禁书不读的，这是一种很普遍又很强烈的窥视、探密、解禁触忌心理。连爱人都声称读过，这就使得我既有不关心国家大事之嫌，又对已经号称热爱读书在文学圈儿混迹了若许年的故有行为多少有些赧然。也只有悻悻然听着他们的议论一言不发，没有调查研究就没有发言权，更何况我连见都不曾见过这书呢。

朋友走后迅速上网查了一下，不知道是朋友记混了，还是我没听准确，各种方式都试了一遍，有关《天葬》的文字不少，但基本上跟小说没什么关系。有知识性的，也有故事性的，更多的是旅游中道听途说的类游记文字。比较接近或者说稍微靠谱的是一科幻小说，看了几行，完全不像严肃文学，跟朋友的解说有相当大的出入。想也许是过了太久的缘故，记忆出了差错。于是，便致函求教于上海一知名学者，得到的答复是：《天葬》《黄祸》都是下三烂小说，毫无文学价值，社会底层起哄，圈内人士不屑。并安慰我说：没看过也不用汗颜，从来没有那么大价值，无非欺世盗名、你说好他偏说不好、你说白他偏说黑得伸手不见五指罢了。

呵呵，我恍然明白，那是一个鱼龙混杂、泥沙俱下、各种思潮风起云涌的泛文化时期，因而也就一时成就了许多伪书——观点嘛，似乎人人都应该有一个属于自己的观点，但人们又极容易从众，弄不好就被人绕进去，顺着人家的道跑了。就像小品《卖拐》中的范伟，被人忽悠了还醍醐灌顶般充满感激。这么看来，我不知道是不是该庆幸，因为被实实在在的生活赶着，才没有在缤纷的文化现象与思想丛林中迷失。

接下来讨论的一个问题，就是国家。忘记是从什么话题切入的了，好像与最近风靡网上网下的畅销书《中国不高兴》有关，只记得当时我说了一句：所有国家的绝大多数人民都是爱国的（自己心理认定的）。有朋友立刻反驳：你错了，我们的大多数只承认民族。国家是什么？专政机器！铿锵得我愣了好半天。之所以未置可否，两个原因：第一，没想好从哪个角度阐释自己的观点；第二，那天是在我家做客，这朋友也是客人，所以，太激烈太极端的话题不想展开。

回过头来想一想，民族是文化的，血脉的；而国家是政治的，地域的。原本两个认知系统。民族认同感或民族归属感，并不能完全替代或覆盖国家认同感、国家归属感。身在国外的华侨肯定一方面有民族认同感，另一方面也不缺乏国家认同感或归属感，不然干吗不回归本土本民族生存？没有国家——似乎也是不可想象的，最极端最现实的例子就是"二战"时期的犹太人，一个没有国家的民族是悲哀的，身后没有强大的政治支撑，饱受欺凌。"二战"期间多少犹太人惨遭戕害，流离失所，想必大家可能都在历史资料、文学及影视作品见过不少吧？还说"二战"期间，如果我们不叫中国，不认同这个积贫积弱的国家的名号（在最危急的关头，民族与国家高度重合），我们是否能够空前团结地一同抵御外侮呢？

中国是一个多民族国家，如果只认民族——狭义的民族主义就是这个样子——我们岂不是要分成好多单一民族的国家？果真如此，政治意识形态与民族意识形态就会在现实界面成为最突出的问题。

更何况"二战"后的国际社会，多的是民族国家，即通过资产阶级革命或民族独立运动建立起来的、以一个或几个民族为国民主体的国家。民族国家是政府体制的一种形式，而民族则是共同体的认同概念，其来源可以是共享体制、文化或族群。

世界上还有一个极特殊的民族，这就是吉普赛人，他们遍布世界各地，在每一块大陆上有每一块大陆对他们的称呼。在俄罗斯，他们被称为茨冈人，一种带有蔑视的称谓。总觉得一个没有国家存在的民族面对灾难是少有力量抗衡的——依照我素朴浅表的理解，国家不只是专政工

具,是意识形态,它在对内进行统治之外,还对本国居民提供着强大的保护作用。

多个民族也可能拥有相同的文化与心理趋势,而民族认同感与文化认同感又是两个概念。事实上,在此之外,还有一个历史认同感问题存在。就拿我们国家来说,华夏民族本身就是一个多民族逐渐融合的过程,同化在历史上在各个地域在每时每刻发生着,互相渗透,也互相影响,互相学习。历史上消失的民族不在少数,是他们都灭绝了吗?当然不是,整体的灭绝除非大的灾难及战争。同化是使其渐行渐少直至于无的主要原因。沧州在中古时期也算边地了,金人、蒙古人、满人、匈奴人……可能占据城市乡村居民中的大多数,但现在,如果统计一下,除去回族还占相当的部分外,满、蒙等其他民族还有多少比例?文化的认同、心理的认同这些都是导致民族融合的重要原因,再加上国家的作用,大民族优势越来越明显。据说,隋代帝王出身鲜卑,唐朝皇帝祖上也是少数民族。一旦他们当了皇帝,就开始思谋着给自己弄一个好出身,于是唐朝皇帝胡拉乱扯地朝上找了若干辈,抬出一个名人老子——李耳(李聃)来证明自己祖上的显赫,自动就归了汉民族。

迄今为止,没有一种制度是十全十美的,也没有一种制度可以无条件造福所有人,让所有人都无比舒适。每一种制度都是在不断调整与修正中越来越贴近人性,越来越符合人类发展的需求。作为这个国家的公民,我们有自己的权利义务,也有广泛的自由,我们既可以提出自己的建议,也可以对某些现象进行评判,更可以对社会中不合理、不公平、不正义的事情进行非议与抗争。我不会以我的祖国为耻,而只会为某些事某些人某些不合理的方面而不安。我选择爱这个国家,并与这个国家共荣辱。

第五辑

朋友去了天目山

同学乔玉珍

校庆前三天,乔玉珍就开始失眠。

搅乱她沉寂多年的心境的,是时不时于耳边响起的电话铃声。事隔二十几年,那陌生了的声音带着思念和重逢的渴望,让她心旌摇荡。而关天宇的一声问候就把她的心猛地提了起来,连同那口提起来的气,长时间的萦绕于胸。仿佛上一世的事又来入梦。她握着话筒怔怔地,连呼吸都省略了,直到关天宇说完最后一句话,她才抑制着颤抖与心痛从喉咙里咕噜出含混不清的一个"嗯"字。

放下电话,乔玉珍抽去了筋骨般瘫倒在办公桌上,心中的恼与悔膨胀开来,又在喉咙里凝结成团,硬硬地,咽不下,吐不出。别人在总结过往的生活时可能是酸甜苦辣咸五味俱全,而乔玉珍的回味里只有悔。脚上的燎泡是自己走出来的,怨不得别人。这些年,乔玉珍最难以学会的东西就是遗忘——被人遗忘和遗忘前尘——我能去吗?见了面说什么?乔玉珍现在恨不能分出另一个自己来,揪着自己的头发狠狠打自己几巴掌。

这么多年的生活,乔玉珍总算总结出来了:欲望是个套,越挣扎套得越紧。别人是一不留神陷入其中,而她是清醒着、自愿地跑进去的。别人能后悔,她不能。可是她比别人更希望有这么一个机会——如果生活允许重新选择……这怎么可能呢?

乔玉珍抹去脸上的泪,起身低头出了办公室,走进卫生间,洗去

脸上的泪痕。镜子里的女人目光呆滞，鱼尾纹呈放射状布满眼角，面色缺乏营养般惨白无光——我怎么能以这种面目去回应当年那仰视和妒忌的目光！当年——唉，不想甚至想不起来最好！乔玉珍挥去那些不切实际的想法，挽住奔向回忆的马车，重新回到办公桌前，埋头整理眼前的资料。

乔玉珍不敢回忆是因为她的悔太深了，深得她一朝前回顾就恨不能自杀。当年的乔玉珍可是满把着生活之舵，想怎么样就能怎么样。要风得风，要雨得雨的时候，人就容易狂躁，狂躁的结果是认不清自己，就容易犯错误。但那个时候生活似乎过分优待她，所以她才会撒开了作，因此才有了今天遥想当年的苦涩。

乔玉珍虽说不上倾国倾城，但走出来绝对是学校的一道风景。乔玉珍并没有什么好衣服穿，她喷薄的朝气和天生丽质一样夺人心魄，用同学们私底下议论的话说就是乔玉珍披块麻袋片儿都比别人漂亮。那时候还没有校花之说，如果有，她一定独占鳌头。即使在如此严谨的年代，美丽也是被嘉许的。她妖娆地走在同学们欣赏的目光中，灿烂而自信。

乔玉珍绝对不是花瓶之类的等闲之辈，宠得人多了就会飘飘然。她有她自己的思想和非常明确的目标，她不会为谁改变它。

但乔玉珍毕竟是十七八岁的女孩子，处在青春期的她也有情感的躁动。当爱情像潮水涌来时她接受了它，而且是主动接受——不，严格说应该是主动出击。

20世纪80年代初，是一个百废待兴的年代，各种规章制度和传统观念都还没转过来，在校学生是严禁谈恋爱的。但乔玉珍不管这些，她不会压抑自己的情感和欲望，因为她比别人更清楚，任何机会对于自己只有一次，失去就不会再来，能够轰轰烈烈爱一次不容易。所以刚入学不久，在大多数同学还没把班上的同学认全时，她就把学校最漂亮的男生——英俊少年抓到了手。那时各大影院正在放映德国影片《英俊少年》，同学们就毫不吝啬地把这美称送给了高大帅气的关天宇。

乔玉珍和关天宇的恋爱谈得诡秘而热烈，他们借学外语之名早起晚睡。最初也就是一个眼神的交流，一个回眸的笑靥，即使这样，已让他

们耳热心跳。当那个身影远远走来，当他们擦身而过，都禁不住血压上升，心跳加速。离开之后便怅然若失，再次邂逅的渴望促使他们把目光一遍遍投向人群，寻找那个身影，寻找不期而遇、怦然心动的甜蜜。

渐渐地，他们不满足于这些了。爱情的气质是缠绵，它需要氛围。而学校是没有这种氛围的，置身于众多目光包围之下，乔玉珍觉得自己快被窒息了。她千方百计寻找机会，让自己不再提心吊胆地拥有他，拥有一段甜蜜的时光。

事情由秘密而公开就缘于那次公园幽会。

那是一个冷清的下午，因为不是休息日，公园里几乎看不见什么游人，整个园子空寂的就像某些大户人家的后花园。做贼似的谈了一个月，他们甚至不敢在一起，即使没有别人在场，他们也不敢在对方面前停留。实在忍不住了，就给对方使个眼色，然后装作散步到学校外面打个照面，说上一两句话，便匆匆跑回来，仿佛天大的丑事，生怕被人一眼扫见。他们多想拥有一段只属于自己的时间啊，哪怕只有五分钟，让他们诉说心中的思念。

乔玉珍是偶然发现工作日的公园是如此静谧的，只有花香鸟鸣和偶尔风过树叶的沙沙声——我怎么没想到！乔玉珍兴奋地差点儿跳起来，她脑海里立刻出现了电影上的许多镜头，不过那主人公已换成了她和关天宇。

那个下午她就用一个眼神把关天宇约到了公园。憋闷久了集聚厚了的情感在这里得到了释放，他们手牵手走过花圃树林，登上假山，尔后来到湖边。清澈见底的湖水，尾尾尺来长的金色鲤鱼在阳光下的水面慢慢游着，那份悠闲与静憩让他们好生羡慕。他们看一会儿鱼，看一眼对方，幸福洋溢出他们的身体，如果就此地老天荒，他们一定是这个世界上最幸福的人。

天渐渐暗下来，关天宇问有五点半了吧？乔玉珍抬头看了看天，太阳只在西边留下最后一抹红霞，艳艳的，像少女脸上迅疾而起急遽而退的红晕。乔玉珍恋恋不舍地看着关天宇，关天宇把手伸给她，乔玉珍在借助关天宇的力量站起身时顺势倒在他怀里，关天宇愣怔了一下情不自

禁地抱紧了她。在身体相触的一瞬间，他们同时感到了晕眩。而正在这个时候，一群男生从假山后转了过来。

等他们听到声音，发现有人走过来时，已经来不及躲避了。特别是当他们看到是一帮朝夕相处的同学时，就更加慌乱了。男生们也发现了还抱在一起的乔玉珍和关天宇，他们不约而同站定了身子，大张着眼睛和嘴巴。事情突然地让他们始料不及——男生们因为无意间窥破别人的情事而尴尬，乔玉珍和关天宇因为自己的感情暴露在大庭广众之下而不知所措。湖边空旷旷的，几株垂柳细细瘦瘦，根本掩不住他们的身躯。唯一的建筑就是一座公厕——情急之中，乔玉珍拉起惊呆了的关天宇钻了进去。男生们眼睁睁看他们钻进女厕所，惊讶片刻之后，突然"轰"地笑了。

事情公开之后，乔玉珍反而踏实了。她不怕别人说闲话，第一个吃螃蟹的人总是遭人非议的，何况在这件事情上别人更多的是忌妒——哪个少女不怀春，哪个男子不多情，只不过他们没机会罢了。

校方也并没有像校规讲的那样出来阻止，倒是宿舍的同学时不时地制造一些小麻烦，比方说以不安全为由故意插上门，她回来敲门又故意听不见，等她敲得整排平房的人都听到了才迷迷糊糊答应一声，懒懒散散披衣起床开门，让她在外面多冻一会儿；再比如故意拽断灯绳，门边过道随便放上凳子脸盆什么的，进门黑乎乎什么都看不见，十次就有十次被绊倒，咕咚、啪啦、咣当之声随之而起，把她磕得龇牙咧嘴、唏嘘有声……总之是给她的恋爱出点儿小难题，让她一会儿沉浸在爱情的浪漫里，一会儿又掉到现实的纷扰中。

这些不但没影响他们的感情，反倒使他们靠得更近，仿佛黏合剂，增加了它的强度。最终影响他们感情的是毕业面临的选择，工作出路和未来生计问题成了他们最大的敌人。

时间过得真快，四年仿佛一瞬，眨眨眼就过去了。同学们开始议论毕业分配问题时乔玉珍才清醒过来。清醒过来的乔玉珍一咂摸这四年校园生活除了谈恋爱什么都没做，自己梦一样漂浮着，而此刻落到地上的她仍如来时一样两手空空，乔玉珍吓了一跳。看看左右的同学，她觉出了陌生，就连整天徜徉其中的校园，也在感觉里远去。乔玉珍想自己得抓住点儿什么了，她是不会走回头路的，既然跳出来了，就不能像退货一样再被打回去。

乔玉珍和关天宇开始考虑分配去向问题，他们来自不同的地区，除非想办法留在这个城市或是向校方提出申请，否则他们很难分到一起。而在乔玉珍心里，她根本就没打算回去，无论是自己的家乡还是关天宇的小镇，那都不是她理想的生活之地。

填报分配志愿时，乔玉珍拿着那张表格愣了半天，最后把它揣进口袋里离开了教室。她明白大多数同学得走哪儿来回哪儿去的路，虽然学校有留校留城指标，毕竟凤毛麟角，不可能落到一般同学头上。乔玉珍往日如花的笑靥终日被愁云笼罩，她可不愿再回到那穷乡僻壤，贫困孤独寂寞闭塞地过一生。她多次跟关天宇表达自己的意愿：我不回去，回去就完了！关天宇虽不忍看着乔玉珍愁眉不展，可他毫无办法，他们既不是学生干部，又不是三好学生，留下来的希望非常渺茫。他们再在一起时就没了快乐，两个人你看着我我看着你一口接一口叹气。

关天宇在乔玉珍明确了自己的分配意愿后开始为自己的爱情担心，他也很想留下来与乔玉珍比翼齐飞，可他没有可资利用的社会关系，现在马上开发也来不及了。关天宇在与乔玉珍商议此事时只好顾左右而言他，他承诺无论在什么地方一定会给乔玉珍别人不会有的幸福，他说他相信爱情能够超越一切。看乔玉珍仍旧一副愁容惨淡的样子，关天宇实在找不出最能贴切地表明自己心态的语言，就用那个时候最流行也最革命的话安慰她：别担心，面包会有的，一切都会有的，我们不比别人差。

乔玉珍凄苦地笑一声，她不会收他这空头支票的，她也会说一张白纸好画最美的图画，可白手起家多少年才能建成一个像样的家啊！即使奋斗几十年建成了，到那时还有精力有心情享受吗？自己的父母就是例证，他们奋斗了几十年，到头来不还是一穷二白？！乔玉珍一想到父母、想到这些年捉襟见肘的生活就头皮发麻：如果让我再回去过那种穷日子，我宁可不过！

乔玉珍的坚决打击了关天宇的信心，如今他除了一腔热血满腹温情

别无他长,只好眼睁睁看着乔玉珍渐行渐远束手无策。

乔玉珍知道在这件事情上关天宇将毫无作为之后毅然跳出感情的智障,她在甩开他极力挽住的手时心酸地想:还是毛泽东同志说得对,自己动手,丰衣足食。

乔玉珍知道指不上关天宇了,只好主动出击。她先是回了一趟老家,让父母把能想到的亲戚朋友都捋了一遍,功夫不负有心人,她终于在众多社会关系中找到了一个可资利用的人,而且这个人一定能帮自己实现愿望,如果他愿意的话。

乔玉珍找到的这个关系人不是别人,就是母亲当年做过三个月保姆的原市委书记的儿子;市委书记早已过世,他的儿子如今也进了政府部门。这样一种关系确实让人为难,乔玉珍有点儿埋怨母亲,怎么只做了三个月就回去结婚呢,而且还素无往来……乔玉珍在别扭了两天之后,终于做通了自己的思想工作,一切为了明天!她给自己打好气,拎上从家里带来的核桃栗子去找后来她称为表哥的习剑飞了。

习剑飞送了她个顺水人情,虽然他根本不记得有过这么一个保姆,他也无从打听了,父母都已过世。但是能帮助人是一种快乐,何况是这么美丽的一个女孩呢,她叫我什么——表哥。习剑飞当着乔玉珍的面给人事局局长打了个电话,局长记下了乔玉珍的名字,习剑飞说你回去听通知吧。乔玉珍悬着的一颗心终于放下来,她没想到事情会这么容易,简直——让她心花怒放!乔玉珍千恩万谢地退出来,脚步轻快一路飞奔回学校。

关天宇等在学校门口,影子拉得长长的,像一只受伤的狼,或是牢笼中的豹子,焦灼地踱着步子。乔玉珍看到他沸腾的心顿时像被泼了桶冷水,心凉下来的同时脸也像门帘一样呱哒一声撂了下来。关天宇看着乔玉珍突然沉下来的脸问:没希望啊?

乔玉珍低着头没有回答,她不想告诉他,可又没办法隐瞒,她需要考虑怎样跟他说才不至于让他纠缠不清或是落下背信弃义、攀附权贵、另就高枝的名声,她想来想去现在最温和也是最有效的办法是冷处理,让他慢慢冷下来,最后自动退出。因而她在关天宇目光直视下只含混不

清地啜嚅了一声。关天宇没明白她的意思,看她一脸不耐烦的样子,也就忍住没敢再问。

接下来的日子乔玉珍有意躲着关天宇,这是个重新洗牌的时候,既然他无力挽回自己被掸出局的命运,自己也没有多余的力量拉他一把,就只好听从命运安排吧。在现实和命运这个大背景下,爱情要让位于生存,让位于后半生的幸福。只是残酷了些,——顾不了那么多了!

关天宇深彻地吞咽着恋人逐渐远去的痛苦,他们近在咫尺却远似天涯。乔玉珍冷若冰霜的脸让他不敢靠近,有几次他们走在一起,身边也没有人,但他就是开不了口。她那拒绝一切的表情让他绝望,他只有在心里一遍遍叫着乔玉珍的名字用滴血的声音说着我爱你。他不敢想象她这么快就走到了自己背面,他甚至担心她连告别的机会都不给自己了。

离别的日子让关天宇痛断肝肠,他哀怨的眼神终于打动了乔玉珍。在离校的前夜,乔玉珍禁不住关天宇的恳求终于答应他做最后道别。

揽住乔玉珍毫无表情的躯体关天宇瑟瑟发抖,压抑不住的哭声从他的喉咙里挤出来,饿狼号叫似的,乔玉珍努力支撑住他的身体,但支撑不住他的悲痛——太巨大了,巨大的仿佛这个世界就要毁灭。在支撑不住的时候他们一齐倒在了地上,乔玉珍努力分出自己的身子喘息着对埋住自己的脸哭泣的关天宇说:只要你有办法……关天宇的身子一下子僵了,他无力地松开手,望着一天的繁星长叹一声:最是无情逐落花——

回到家乡的关天宇不相信爱情这么容易破碎,难道它经不起一点风雨吗?他写信打电话表白心迹,诉说痛苦,一有时间就跑过来。他不再计较乔玉珍的冷言冷语,也不再害怕看她的脸色。虽然他的心被划得支离破碎,但他仍然坚持着。他爱她啊,没有她,他的天就塌了。他尽一切可能挽救这份感情,他陪着她,不让别人趁机挤占自己的感情空间。女人是容易感动的,他相信自己嵌入生命的爱能感动别人,也就能感动她,让她回心转意。

乔玉珍已经把这段感情画上了句号。她在大多数同学都天真地认为是金子在哪儿都发光,情愿做革命的螺丝钉的时候,就非常清楚地知道自己的人生只有两步看得见的实实在在的台阶:一步是毕业分配,一个

好单位和一个次单位、城市和乡村的区别不只是名誉的,更多的是物质的,而物质和精神又是无法截然分开的;另一步就是婚姻的跳板,它可以让你一步登天,也可以让你一步入地。乔玉珍是看着灰姑娘的故事长大的,她对丑小鸭变白天鹅的传奇深信不疑。俗话说男怕入错行,女怕嫁错郎——这两步我是一步都不能走错的!有了这样的认识她还会把手伸给已坠入社会底层的关天宇吗?

分别不到一个月,关天宇就已形销骨立,见到他的同学差点儿被他吓掉了魂。关天宇像个纸片儿似的游荡在街上,他抓住每一个他能找到的同学打听乔玉珍的消息,同学们先是发动了一场寻找乔玉珍的群众运动,但乔玉珍就像蒸发了一样毫无声息;关天宇走后,乔玉珍又像仙女下凡一样出现在同学们面前。同学们在谴责了乔玉珍多次之后毫无效果,一件事情总是没完没了地处于胶着状态很容易动摇信心,人们在劝说和谴责都无效的情况下也像乔玉珍一样选择了回避。找不到乔玉珍的关天宇一到休息日就整日整夜游魂似的出没在大街上。一个夏天下来,他踏遍了这座城市的角角落落,以至于夏天的风、夜晚的星星和路边、公园的每一片树叶都认得他,它们记住了他的呼吸他的叹息。他几次从家乡的小镇上失踪,尔后又湮没在城市的人流中,但他的爱情仍像夏季正午阳光下的雨滴一样还没落下来就蒸发了,甚至看不到一丝水汽一线烟云。

乔玉珍在很短的时间内调换了三次工作,这当然有躲避关天宇的成分,但更多的是一步步走上幸福的台阶。乔玉珍最后的落脚地是公安局政治处,随着工作一起安定下来的是她的感情生活,她在穿上警服三个月之后跟表哥的世家兄弟原市委秘书长最小的儿子李卫东结了婚。乔玉珍这么快走入婚姻当然有急于摆脱关天宇的因素,但也有抵抗不住上层社会生活的诱惑。那种钟鸣鼎食之家的生活场景是她从小就埋在心底的理想,既然唾手可得,她还是尽快把它抓到手里,以免出手慢了被别人抢了去。

现在乔玉珍后悔自己手伸得太快了,以至于自己还没看清这个将终身依靠的人的脸面就靠了上去,她只看到他身后的大树枝繁叶茂,风景如画。做了人妇的乔玉珍并没有像她设计的那样进入另一种生活状态,富足有了，身份也变了，但地位并没有跟着升上去。丈夫家根深蒂固的厌农意识让她时刻处于被污辱与被损害的地位——家境贫困、农民习气甚至她侉声侉调的远乡口音都成了不可原谅的缺陷。她成了一家人取笑的对象和出气筒，他们有什么不满和不顺心都朝她来，她像垃圾筒一样收集着人们的精神废物，丈夫更是抬手即打，张口便骂。她还没来得及向同学们炫耀自己的骄傲，就被剥夺了话语权。

李卫东第一次打她是在他们刚度完蜜月的第一个周末，那个时候李卫东还是葡萄湾派出所一名户籍警。也是巧合，下午刚上班，那个黏糊了他近一个月的丁大中又来办单立户手续，这次他手里多了一封局政治处领导的信。这小子也真够锲而不舍的——李卫东耷拉着眼皮研究那封信的来历，这时门口闪进一个人，李卫东抬了下头，是个女人，高高瘦瘦的，挺水灵，她的眼睛……那女子看到丁大中愣了一下：你还没办完啊？丁大中瞅着李卫东不自然地咧了咧嘴，李卫东不高兴地翻了下眼皮低下头，心说看在你还漂亮的分儿上我原谅你！李卫东不情愿地整理着已被丁大中装毛了边儿的身份证明，那小女子似乎走热了，用手煽着风说我刚在人事局门口碰到关天宇了，跟他说话他也不言语，好像不认识似的。眼神儿发散，恍恍惚惚不知瞅哪儿——不是有什么毛病了吧？

天下最毒妇人心，关天宇算是让乔玉珍给糟蹋了！

李卫东心里一沉：他们说得是哪个乔玉珍？

你怎么说话呢？！小女子嗔怪了一句。

抱歉，你瞧我这张臭嘴，女人跟女人也不一样，有几个像乔玉珍啊……

李卫东打了个激灵，翻着眼皮乜斜着那小女子问：你也落户口？

女子听到李卫东问愣了一下，在确定他是在跟自己说话后赶紧上前递过介绍信。李卫东接过来一看：施小红，盐城师大中文系，接收单位市委宣传部。再回头翻丁大中的，也是盐城师大中文系。李卫东明白是碰上乔玉珍的两个同学了。李卫东拽过户籍卡来边登记边竖着耳朵听他们闲聊。丁大中施小红你一言我一语几乎把乔玉珍的恋爱史复述了一遍，李卫东越听越气，一种被蒙在鼓里无缘无故让人给戴了绿帽子的感觉在他心里扎了根，并迅速成长壮大。

到下班时，李卫东已忍无可忍，户籍卡也没收拾就骑上自行车直奔家门了。

进门看到乔玉珍正站在电视机前调整天线，电视画面跳动着发出滋滋拉拉的噪音，李卫东的神经被这声音割得急剧伸缩，心火冲天，他饿虎扑食般跳过去，揪住乔玉珍的马尾辫一把扯过来，扬手就是一巴掌，把毫无防备的乔玉珍打得眼冒金星。乔玉珍捂着脸声色俱厉地喊：干吗打人？！乔玉珍不问还好，她这一问李卫东肺都要炸了，他抡拳抬脚，拳起脚落，狠打猛踹。乔玉珍双臂护着脑袋杀猪似的叫，李卫东在她的尖叫中加大了力度，越打越气，越气越打，直打得乔玉珍瘫到地上，没有一点儿声息了才罢手。

乔玉珍像死人一样一动不动地躺在地上，李卫东打累了，到厨房里倒了杯水，出来走到乔玉珍身边像踢死狗一样用脚扒拉着她问：你竟敢欺骗老子，装什么清纯玉女！你给老子说，你跟关天宇是怎么回事？还有习剑飞，你是不是跟他也有一手？说！是不是他把你玩儿腻了，才一脚踢给我？！

乔玉珍在李卫东暴风雨般地捶打她的时候，就猜到他可能是听到什么人议论自己了，因为她很清楚自己在学校的知名度。而丈夫的工作接触到自己同学的机会又很多，他们只要留在这个城市，就不可能不办户口。人嘴都是臭的，任凭你的感情再美好，落到别人嘴里也会污渍斑斑。乔玉珍想无论他听到了什么，了解到什么程度，自己都不能承认，若是有把柄攥他手里，这一辈子就别想出头了。乔玉珍动了动，撩开覆在脸上的头发，色厉内荏地指责：不问青红皂白就动手打人，你是土匪生的啊？

咣！李卫东连水带茶杯一块扔过去，乔玉珍躲了一下，没躲开，杯底正好砸在太阳穴上，乔玉珍惨叫一声昏了过去。

这晚乔玉珍到底没能坚持住，她在李卫东不断加剧的暴力攻击下，像挤牙膏似的一点一点把她和关天宇的恋爱过程连同一些鲜为人知的细节都回忆着复述出来。李卫东就像晾晒叫化子的破棉袄一样把她的情事翻拣出来，在太阳底下晾晒了一遍。

此后，乔玉珍在李卫东面前再无半点儿尊严。她只能战战兢兢生活，言语稍有差池、行为稍有不慎就会招来一顿辱骂，直至拳打脚踢。

略感安慰的是这只是在家庭内部，尚不为外人所知，乔玉珍还不至于在世人面前抬不起头来，见了同学亲戚朋友也还有几分高人一等的优越感。

乔玉珍公开挨打是在一年后的同学聚会上，这之后她就彻底退出了同学们的视线。

那天乔玉珍调到北京的同乡许杰回来办户口和粮食关系，他找乔玉珍通过李卫东帮忙。办完关系后，许杰做东，在乔玉珍家附近找了家餐馆请他们夫妇和同学们。李卫东找了个理由没去，这次由他们提供的机会就变成了纯粹的同学聚会。

正是六月末，气温直线上升，外出乘凉的人摇着蒲扇还热汗不断。饭店屋顶上的吊扇像直升机的螺旋桨嗡嗡着带出一股股热风，男女生都是短打扮，就像打把式卖艺的刚操练了一回下来，个个汗流浃背。在这样的天气里人们大都贪凉，冰镇啤酒就特别受欢迎。啤酒喝多了必然要上厕所，这家餐馆只有一个临时简易厕所，男生们凑凑合合还能解决，女生就不行了，只好忍着。实在忍不住了，就找理由朝外溜。大家一看也差不多了，就嚷嚷着散了吧。人们迫不及待地跑出来，痛快了呼吸——屋里太闷了。乔玉珍虚让了一下：到我家坐坐吧，认认门儿，以后有时间过来玩儿。

令乔玉珍没想到的是，她这一让，同学们就当真了，让她在前边带路，一起跟着她朝回走。乔玉珍立刻后悔了，李卫东不来吃饭就让她心里嘀咕着呢，一下子再去这么多同学——怎么就那么不看事呢？你们倒不客气……

其实乔玉珍误会了，那时同学们大都没成家，对家庭生活充满好奇，特别是他们很想知道乔玉珍抛却热恋了四年的情人嫁到的家庭是怎样一副生活图景，根本没想那么多。他们觉得她还是以前那个朝夕相处的同学，是同学就单纯，就不用讲社会上那些繁文缛节。

乔玉珍住的是70年代末建的那种老式结构的三层楼房的顶层，上了楼，乔玉珍掏钥匙开门，却怎么也打不开。厨房里的灯亮着，电扇开的挡位不低，扇叶呼呼转着足有六级风力，透过加了铁条的门上方的玻璃条窗可看到餐桌上几只碗碟和两个空啤酒瓶子。乔玉珍试着敲了敲门：卫东，开门啊，同学们都在外面等着呢。等了一会儿没动静，再敲，声音里就有了哀求的味道：卫东，开门吧，小红想上厕所。小红有些奇怪地看着她，乔玉珍什么时候变得如此温柔了呢？乔玉珍柔声细气地对着门商量了半天，还是毫无动静。许杰急了，扒开乔玉珍像擂鼓一样拍着门板喊：李卫东，我们知道你在屋里，没喝醉的话出来开门！同学们屏住了呼吸等待里边的反应，然而许杰的努力也白费了，他拍门砸门踹门都不管用，小红伸手拉住气急败坏的许杰，说也许他忘记关灯出去了，走吧，时间不早了，明天还要上班。大家面面相觑地互相看了看，又很复杂地看了看乔玉珍，就各自回家了。

那个晚上李卫东到底没让乔玉珍进门，乔玉珍在小红的单身宿舍凑合了一夜。第二天早上李卫东找上门来，抓小鸡一样把乔玉珍连推带搡押回了家。

很多时候，乔玉珍是不敢回忆的，她在同学们那里已颜面尽失。最让她悔断肝肠的是有一次小红到关天宇县里考察回来说起关天宇的事业为人，特别是关天宇对妻子无微不至的关爱。那时已是县委办公室主任的关天宇得知小红来到之后，就招集县里的同学给小红接风，安排好了饭菜之后，关天宇说家里有事回去一下，菜上来之后大家先吃，别等他。小红不知道他有什么事，也没好意思问，他走后同学们告诉小红，关天宇的妻子刚做过一个手术，他回去给妻子做饭了。这话几经周折传到乔玉珍耳朵里，乔玉珍失眠了半个多月，它就像一枚钢针扎在了她心底最隐秘最柔软的地方，什么时候触到它什么时候疼一下。

面对如此不堪的生活，乔玉珍也曾想过改变，可一想到这是自己的选择，想到要改变它还需要调整好多人际关系，尤其是想到李卫东可能的反应，乔玉珍就退却了。随着儿子的出生，连这仅存的一点儿想法也淡了。

如今校庆就像一枚石子投进早已死寂的湖，乔玉珍心里又波翻潮涌了。

乔玉珍辗转反侧几个晚上的结果是去参加校庆，去见自己愧疚了这么多年也思念了这么多年的关天宇，把自己的愧悔告诉他，哪怕有一点儿希望也要抓住。她已经等不起了，再犹豫，她这一生就这么交代了。

虽然决定去了，但在出门前，乔玉珍心里还是怯怯的。她把自己的衣服挨个试了一遍，现在她已不清楚关天宇喜欢什么了。这么多年，他不可能没有变化，一个人可以影响另一个人的一生，他身边的女人如此幸福，他是为她改变的吗？痛悔又在乔玉珍心里打了几个结，她伸了伸脖子，想把它吐出来，可她的努力白费了。九点来临时，乔玉珍还站在穿衣镜前：同学们都到了吧？关天宇呢？他怎么也不来个电话？庆典开始了，乔玉珍的心里空了几空；十点，乔玉珍还没选好衣服，她把红、黑、黄、灰四套衣服在自己身上比量来比量去，就是拿不定主意；十一点过了，她必须尽快决断，好赶在李卫东回来之前走出家门，不然她就出不去了。乔玉珍心里明白，她在故意拖延时间——她不知道如何去面对昔日的恋人、同学、师长。还是晚一点儿去吧，晚一点儿可以免去寒暄，也免去被追问的尴尬。

即使这样，乔玉珍也没能躲开她极力要避免的窘况。乔玉珍走进专为他们班设置的碧海餐厅时，同学们起哄般涌向她，几个已辨不出当年容颜的男生几乎是把她架到关天宇身边的。还没等她站稳，有人就塞到她手里一杯酒，不知谁在捣乱，扯着嗓子喊：人家"仇人相见，分外眼红"，那么"情人相见，分外什么"？关书记，给想个词儿！

激动呗！不知谁接了一句。

你激动什么？人家热血沸腾，可没你的分儿！

喝吧，别拿捏了。当年拼却醉颜红，现在也一样。

乔玉珍把酒杯举到唇边，嘴唇哆嗦着，牙齿打战：关天宇胖了，也成熟了，眉宇间那股英气如故。这张脸，这个人是她一生的痛一生的悔啊——乔玉珍的眼睛开始模糊，她一仰脖子把酒倒了进去，喉咙灼伤一样火辣辣又痛又痒，泪水冲决而出。乔玉珍拽了张餐巾纸，整个捂到脸上。

相见之下，关天宇大失所望：我心心念念的女人就是这个样子？！

看着她一脸沧桑，他就知道她生活是个什么境况了——生活真是残酷啊！虽然他对乔玉珍不甚如意的生活有所耳闻，但她的现状还是让他备感意外。他曾经一闪而逝的报复情绪此刻都化作了关切和疑问，于是就未加选择地问了一句：过得不顺心啊？

听到这问话乔玉珍的心刷地冷下来，通身肌肉发紧，并开始僵硬，埋在心底的懊恼与愧悔一齐涌上来，潜藏在灵魂深处的自尊也苏醒了，她生硬地牵着嘴角笑了笑，一字一顿地说：我过得很好，孩子很懂事，爱人很疼我。她故意用了爱人这个称呼，并加重了语气。

在场的人都愣了，大家悻悻地坐回自己的位置，时间不长就都溜了出去。

关天宇知道自己说错了话，乔玉珍心灵与情感的大门咣当一下就对自己关闭了。他没想到要嘲笑她，可他的表达方式还是给了她这样的感觉。关天宇明白人在丢失了所有幸福与尊严之后才会变得如此脆弱和严于防范。

餐桌边只剩下他们两个人的时候，空气并没有因此而稍有松动。关天宇清着喉咙以掩饰自己的窘迫，乔玉珍端起不知是谁的茶杯一口一口抿着。关天宇扭了扭身子，说：对不起，我不是那个意思……

那你是什么意思？我过得再不如人也用不着你来鄙视我……

乔玉珍——关天宇心底突然升起一股悲凉，他不认识似的盯了她一眼，转身走了出去。

乔玉珍在关天宇走后抽去了筋骨般瘫倒在餐桌上，眼泪漫上来，冲出眼眶，顺颊而下。她多么后悔今天的莽撞啊，以自己目前这种状况就不该往同学们跟前凑！如果此前今后的生活是一泓静止的水面，还是没有涟漪的好。

过去的时光是回不去了，我不应该这么天真。乔玉珍等自己心情平静下来，收拾好头脸，趁同学们不注意溜了出来。走到宾馆门口，用力吐出始终哽在喉咙里的那一团旧日情感生活纠结成的硬结，这才顺畅了呼吸。她知道里边的人和他们的生活距离自己越来越远，也越来越不属于自己了，就加快了脚步，头也不回地走了。

朋友去了天目山

有什么可以将一个人的心带飞呢,那就是朋友去了天目山。

这几天红红一直在跟自己较劲,其实朋友的走跟她没一点儿关系,但她还是抑制不住的拧巴,仿佛他这一走就隔了千山万水似的,可他们本来就隔着千山万水。平常的日子也不过是一个短信或通话往来,所以一个人的出走与否并不妨碍什么。但她还是不行,自从他告诉她要外出几天之后,她就把作息时间及所有生活习惯都打乱了。生活好像突然进入极端无序的战时状态,她把白天当黑夜来过,然后再把长长的夜晚用来消磨在讨厌至极的电视购物节目中。她一会儿狠狠地把手机关掉,可过不了二分钟又匆匆忙忙打开,如此反复,就像得了多动症抑郁症自闭症加弱智的孩子,没完没了地折腾自己,好让一刻不停转动的大脑停下来,或是塞满其他什么东西,反正就是不让自己闲着。如此一来,经过一冬反复感冒的身体健康状况直线下降,她给自己这种状态起了个名字:胡作。

其实这跟朋友去天目山没关系,而跟她自己由此而引发的心灵地震关系密切。

过了这么多年洋节红红从来没有对哪个洋节有过多的热情过多的关注,但2008年底的这个洋节却刻在了她心底。在众多的庆贺短信中,她无奈地回复着大家的热情,到后来她终于弄明白了自己手机的一项功能,原来可以群发——在原来的手机坏掉之后,新购置的这个手机除了不再用她烦之又烦的拼音增加了手写功能之外,其他一律不知。依照红红的意思,手机只有两项功能,一是通话,二是收发短信。剩余的部分就是她浪费掉的资源。于是红红就挑了一条比较不那么烂俗不那么谄媚的短信按照通讯簿转发了过去,结果除了收到几条同样没心没肺的回复之外,还收到几乎遥远到天边的一个朋友的一声诘问:你就不能说自己

的话吗？

红红像被人打了一巴掌似的窘了个满脸通红，虽然没有人看到她，虽然对方远在千里之外，她还是感到了强烈的震颤，什么呀——在此她感到了友谊的分量，于是马上回复了一条：我不愿意借别人的节日虚情假意，此短信删除并致歉。

发过去之后，她心里依然忐忑，红红从来没有因为发短信伤过脑筋，而今天开戒了。她一直等着对方的回复，可直到洋节过到了民族节日，也没再收到对方一个字。其实她完全可以打电话的，但为了避免尴尬，她抑制住了。

朋友的沉默让红红无所适从，她后悔自己一次不谨慎的行为失掉了一个朋友，还不如不发这个短信呢，如果不发，对方顶多猜测一下你是不是很忙，或是不习惯过洋节，再就是忘记了都比不真诚好。

于是在传统的春节里她关掉了手机，既不接短信，也不回短信，要好的几个朋友都知道家里的电话，性急的就直接打到了家里的座机。红红就此发现，还是没手机好，不必顾虑什么，而且还可以安静安心地看电视节目或窝在被子里读书。

但这个节日她读的并不安心，安静有了，安心却难。她总是不由自主地离开文字陷入沉思，去揣测那个遥远的不能再遥远的朋友此时此刻的状态：读书，还是会客？写东西，还是去了什么地方聚会？他在众人面前总是慷慨激昂的吗？那么独处时又是什么状态？陷入沉思时人应该是最静美的，红红就喜欢这种状态，而作为男人可能更多是不是这个样子吧？他们更有领袖欲，总是以一种"挥斥方遒"的奔放状态"指点江山，激扬文字"。在短暂的相处中，红红是仔细观察过他的，他性子可能更烈一些，也少江湖中人的委婉。想到这里红红笑了，不如此，他也就不会直截了当地批评她不说自己的话了。

人真是一个矛盾的动物，会思考就给了他们这诸多烦恼。

接下来的时间红红索性放下书，专心致志地回忆他们曾经有过的接触。

红红是一个不善言谈的人，不善言谈的人有一个好处，那就是可以多角度地观察别人，在别人侃侃而谈的时候，倾听有时候可能是最精到的分析。所以在那场著名的辩论之后，当他在众人的包围中解脱出来，人们纷纷离他而去，偌大的多功能会议厅彻底安静下来时，红红灿烂地迎住了他。

能认识一下吗？红红的声音细细弱弱，温柔中带着一股掩饰不住的天真。

朋友就在回头的一刹那眉开眼笑了：可以，可以，请问您的……朋友从一大叠名片中抽出一张递了过来。

红红双手接住，仔细看过后放入手包，然后两手一摊：抱歉，沈先生，我无名，姓时，时间的时。

时？很少的一个姓啊！朋友说完丢下红红收拾东西去了。红红犹豫了一下，出门上了电梯。

朋友再回过身来时，电梯的门正快速合拢，红红看到一张落寞的脸和一副欲言又止的表情，她犹豫着去按开关，但电梯已经轻快地上行了。

这是红红第一次主动与人搭讪。红红之所以这样，是因为朋友在这个下午说出了自己一直想说没说的话。在讨论中，一个口齿不清自我感觉良好的女人非常激烈地反复说着同一个"问题"：白求恩为什么没有格瓦拉在人们心目中的地位高？为什么人们总是在炒作格瓦拉？格瓦拉能够代表国际主义精神吗？依她那意思，只有白求恩才能代表国际主义精神，因为他不远万里来到中国，为了中国人民的解放事业救死扶伤，并且牺牲在这块土地上，这么伟大的一个国际主义战士为什么没有受到社会的足够重视？红红听她如此感慨差点儿没呆掉，如此幼稚的问题也敢拿到这样的地方来讨论！接下来让红红更加惊讶是是这个女人的另一句话：格瓦拉为中国革命事业做出过什么特殊贡献吗？

红红先是替她脸红，继而就想拿脚踹她——红红一直坐在这个女人身后——真丢人，要不文人在社会上处境尴尬呢！红红羞愤地低下头，权且忍住，她若再这么无知地"讨论"下去，红红说不定就会抛开一切反唇相讥或是拂袖而去，恰在这时，有人先于她拍案而起：对不起，打断一下，我想请问，您了解格瓦拉吗？或者说您阅读过格瓦拉吗？一个思想者与一个医生的可比性在哪里……

红红抬起头，欣然地朝着声音的方向望去：这也是一个气愤不过的人，他站在红红对面很远的地方，阳光透过百叶窗射进来，红红有些看不清他的脸，但他说得太好了，红红差点儿给他鼓掌，就应该这样诘问，让这个无知的女人闭嘴！红红的原则，你不懂不要紧，但不要装懂，不懂不说话还不至于露怯。

红红亮亮的眸子盯着这个激情澎湃的男人，他把她的思绪带回了那个阅读年代，带到了那个思想者身边。之后相当长的一段时间，她就那么一直盯着他，直到整个会议大厅响起雷鸣般的掌声。

依照红红的性格，她是最不该到这个地方来的。能在这里参加培训的，大部分都是各省市的后备干部，而红红不是。据说省里在挑选进修学员时也是权衡了再权衡的，而对于素养与声誉的考虑可能多了些，这样红红就阴差阳错地被抬举了进来。还有一个原因，那就是这次多少有些向文艺方面倾斜，于是红红就在毫不知情的情况下顶着丈二和尚的脑袋稀里糊涂地进了北京。

直到现在，红红还一直躲在角落里，在一片"姹紫嫣红"中，红红是最"素朴"的一个。红红唯一的一次发言是在最初的自我介绍时，而她的自我介绍也是简单得不能再简单了，以至于别人得替她解释，大家才能明白。红红说我来自海清文化部门，写字的。几乎所有人把疑惑的目光都停住在她脸上，有人出来替她解释，她才不至于一直窘下去。

其实，红红并没有记住那个为自己圆场的人，后来朋友在闲谈的时候提及，她才仔细回忆了一下，但仍然没有当时的印象。

在这个细节之后的一段时间里，红红的记忆出现了断档。她无法再把电梯自动关闭的一刹那与后来的交谈连缀起来，她更不记得自己是怎样走进他的房间的，因为在此之前，省里的一个旧友强行拉着她给他下载安装QQ，红红并不太熟悉这个被广泛使用的聊天工具，虽然她自己也偶尔用用。鼓捣这个东西用去了她相当长的时间，红红有些累了，看着他兴奋地聊了起来，红红告辞出来。

不会是梦呓般地走到他那里去的吧？红红这点儿应该能够保证。她不会随意跟陌生人搭话，岂止陌生人，话不投机、行为作派等让她感觉不舒服的她都不会理睬，甚至刻意躲避，更何况陌生人，即便再有好感，她也会坚持自己的那一分矜持的。

其实，令红红恍惚了记忆的还有另一个原因，那就是与燕山的不期而遇。

报到那天下了火车，在出站口红红突然被人从后面拽住了，红红吓了一跳，人头攒动中，不会有贼如此大胆吧？待回头，红红的心简直不能跳了：还不如遭贼呢！红红心里甭提多郁闷了，北京站一天的客流量得几十万吧，碰到一个异乡人的概率该多么小啊，然而却让她碰上了——运气这么大真应该去买彩票，不然不是太浪费资源了吗？！

燕山看红红灵魂出壳般木木的，就又拉了她一下，红红这才呼出一口气，缓过神情：你不是克克勃吧？

燕山胜利地笑了：魂飞魄散了吧？我又不是大尾巴狼，不会整天撵着你跑了。今天不是你运气太差，就是我运气太好，反正就这么误打误撞地撞到一起了。我一下车就看到你，不过没你身手矫捷，一直在后边猛追。对了，怎么肯起驾进京了？

——为了跟你误打误撞到一起！

呵呵，你这心态就不好了，如果我痴心不改，那说明咱们就是有缘分。

你痴心改了，足以说明咱们没缘分。

那你我就再修炼500年，争取这一世的回眸变成下一世的相守。

贫，越来越贫！

去哪里？我送你。

红红看着人山人海的广场，头都大了。她不喜欢任何一座大都市，人多得让她恐惧。她犹豫了一下，想躲是躲不过去的，就告诉了他目的地。

进修还是办事？

红红模棱两可地点点头，燕山拦到出租车，他们一同坐了进去。

两年不见，燕山有些发福，光洁的脑门儿头发有些稀疏，越来越不像学者像官僚。燕山自从跟红红分手后不说平步青云，也是步步高升的，就像没有遮挡的风，长驱直入，逼近权力中心。虽然只是智囊与外宣，但在大众眼里还是挺神秘，挺高不可攀的。

路上他们一直在沉默，燕山显得心事重重，手机不停地在口袋里上窜下跳，但他就是不接，红红不便问，也不好说自己下车让他先走，但走到门口，燕山并没下车，指挥司机调头向回驰去。

令红红没想到的是，那个晚上红红上楼准备休息，燕山却直直地站在门口，见到红红就惊呼：你比我还忙，1小时47分——手机也不开！

红红回了一句：我又没请你！有事吗？我已经困了。

那好，明天我再来。——这样，饭票够吧？估计你肯定吃不了，早上不吃，晚上减肥，我帮帮你，明天晚上我过来吃饭。说完不等红红说话抹身便走。

气人！红红咕哝一句，也许这就是他们没能走到一起的主要原因，燕山的自负与自以为是太伤红红的自尊。

红红想了想跟到电梯口，但并没看到燕山，燕山早已头也不回地走掉了，比风还快。

但这也不能说明自己是怎样走进朋友的房间的，问题是他们不在一层楼上，而各自的房间又调得很开，连同一省份的都不在一起——真是奇怪了，难道会是梦游？

红红只记得自己坐在朋友房间窗前的沙发椅上，昏黄的灯光使她更感疲乏，红红勉强撑持着不让自己瘫软下去，而显得略有精神，就使劲伸了伸胳膊。朋友就坐在桌前，手提电脑开着，屏幕上除了一个大大的人影，就几乎被各种图标占满了。红红怪怪地想，这个人不是东西太多，就是没有条理，再不然就是太菜，或图省事，想找哪个文件都在桌面上，一目了然。这样想着红红就笑出了声，朋友讶异地问：笑什么？

红红笑得更厉害了，说话够简捷的，为什么桌面不会简约一些？

一个女人莫名其妙的笑是会把一个男人笑傻的，朋友就傻傻地看她笑够了再问：我是说错了话，还是有什么地方不得体？这回他从自己身上找原因了。

红红忍住笑：没有，你的假设不存在，如果真有，我恐怕就笑不出

来了。

是啊？朋友半信半疑。

看你年纪不大，不像能够对格瓦拉感兴趣的，为什么？

因为主席啊，还因为格瓦拉的传奇经历，最主要的是因为他会思想呗。这些话红红本来不想说，但出于礼貌，就那么贫了吧唧地说了出来。

这回换到朋友的眼睛亮起来了：思想？

红红看着他没说话，神情淡然而笃定。

朋友突然有一刹那的出神，红红诧异地看着他意外的表情，懵懵懂懂问：不是吗？

一个爱思想的乡村女孩儿？

这句话不知是对红红说的，还是他的自言自语，所以红红没搭言。空气出现了凝滞，朋友的目光突然急雨一样盖过来，细密地罩在她身上，红红不由自主地低下头，心一下子慌乱起来。

谈话有些进行不下去的艰难，朋友适时转换了话题，从读书说起，一直说到写作、写作习惯等，红红饶有兴趣地听着，不再感觉累，也不感觉困了。

红红的回忆至此戛然而止，她突然意识到朋友的高谈阔论像精神鸦片一样让她上了瘾。意识到这一点儿之后，红红酸酸涩涩地仿佛失落了什么似的萎顿下去。

红红是一个从人身到精神追求独立的人，从此之后，红红知道，自己恐怕再难独立，而这又是她一直以来最为恐惧的。

燕山准时出现在红红面前，他财大气粗地说：我知道你不会跟我到外边吃，你也不想跟我的朋友见面，所以就只好委屈来你的食堂吃。

您千万别委屈，照您的说法，咱们的缘分起码还差500年呢！

那也得现在就着手准备啊！燕山吐了吐舌头，然后大大方方地拉着红红进了食堂。

是自助餐，红红每天晚上只捡蔬菜和水果吃，基本不碰面食。燕山瞅了瞅红红的盘子，替她夹了一角饼，还有一个饭团。红红没反对，她知道自己一反对就会招惹他好一顿教训，并且她也偶尔需要一下那种被呵护的感觉。

红红多数时候吃饭心不在焉,她只会享受茶,而饭和水果几乎是拌着阅读一起进行。食堂里的人们三三两两围着一张小桌边吃边小声嘀咕,口音五花八门,几乎涵盖了大江南北,长城内外,有些她还真听不懂。燕山在一边扮绅士,因为红红教训过他食不言睡不语,他怕影响红红的胃口,所以就一直缄默着。等到只剩下一杯热奶时,燕山再也忍不住说:我怎么总觉得有一道寒光切过来呢?

红红乐了:我的目光挺平静挺纯粹,应该说还比较轻柔。

燕山抬了抬下巴,红红顺着他的目光看过去,左侧是一庭柱,柱子遮挡着一个想必很是健硕的人,红红摇摇头:你真成克克勃了!

其实——唉!我应该撒手了,可我仍然不由自主,你就忍耐吧,谁让咱先入为主呢!燕山仍旧敏感着在红红看来并不存在的寒光。

吃过饭燕山才说一会儿闹闹过来。

你还通知了谁?

没有,就闹闹一个。

如此,红红就没理由拒绝他进入房间了。

闹闹做房地产,在燕山的羽翼保护下风生水起,燕山跟红红纠缠的时候,红红一直拽着闹闹当挡箭牌,所以燕山才给他起了"闹闹"这么个外号。

燕山走了闹闹才来,所以红红有理由怀疑他们是事先约定好的,串通一气——燕山终于可以一个人心静地跟红红单独吃顿饭了——燕山进房间没二分钟就被电话催走了,红红估计吃饭时他关了机。燕山出门前停顿了一下,犹豫着说:宁宁怀孕了。

红红又给他弄了个措手不及,结婚之后当然会怀孕,可是他为什么——难道他没结婚?!红红的心突然被什么东西填满了,肋间神经尖锐地疼起来。

闹闹进来的时候,红红还窝在床上止疼,闹闹见状大惊失色,拽起她就要送医院,红红挣扎着推开他:你先坐,我一会儿就好。

闹闹狐疑地问:燕山气完你就走了?

没有，可能吃凉了。

你行吗？不行咱就去医院，我开车过来的。——这样，你不想动，我打电话叫个大夫过来也成。

不用，燕山跟宁宁……红红转移了话题。

呃，他们很低调——告诉你了？

是。红红终于明白了。

这是一个著名的三角关系，燕山爱红红，宁宁爱燕山，闹闹爱宁宁，而红红的感情点儿不在她身边任何一个男人身上。于是他们就展开了一场马拉松式的推磨，一个追着一个跑，但谁也追不上谁，如今宁宁终于修成正果。红红长舒一口气的同时关切地问闹闹：你没事吧？

没事，人不能各方面都成功，我成功一个地方就行了。闹闹很满足很豁达的样子。

想开了。红红从闹闹脸上看不出什么，也许时间把什么东西都沉淀了下来。

之后他们变换了话题，谈起了闹闹的事业，以及当前最前沿的建筑设计以及城市气质。红红敢断定，闹闹一定是关机了，不然这一晚上不会一个电话也没有，做到他们这种境界，业余时间不会如此清淡。果然，进了电梯，闹闹才掏出手机打开——而且是两部。

红红不知道自己为什么就想不起自己跟朋友是怎样约定的，她遗落了其中最重要的细节，只记得那个晚上她一直忐忑不安，想给朋友房间打个电话，又怕闹闹多心，毕竟近十年没见了，红红躲在一个偏远的小城，几乎断绝了与外界的联系，但同学们并没有忘记她，起码燕山和闹闹不会。燕山的电话不多，闹闹倒是挺勤，燕山的所有情况都是闹闹跟她透露的。闹闹就像他们之间的传声筒，其实红红知道，闹闹是希望他们能够有个好的结果的。

闹闹走后红红觉得自己再没理由下去了，虽然在过惯夜生活的闹闹他们看来夜里十一二点还不算晚，但红红感觉八点半以后就没理由串门儿了。她不能打扰别人休息，这是最起码的礼貌。但红红还是觉得颇为失礼，那就是没有在合适的时间告诉对方自己不能赴约。

再加上这一次，红红已经有两次不礼貌了。红红是个不想负人的人，但她就这么阴差阳错地负了朋友两次，这让她在此后相当长的一段时间内无法释怀。

在绵密的长长的回忆中，红红终于在记忆的屏幕上捕捉到了一个细节：他把自己叫乡村女孩儿！相对于现代大都市，特别是南方的那种经济前沿，她的确生活在相对落后的仍然葆有乡村气息的地方。但这个乡村女孩儿又是他渴望了解的，红红从他的目光里读出了这些——况且他也曾不无困惑地告诉过别人：以她的经历，她不该有如此犀利的目光和独到的见解。红红宽厚地告诉转告她的人：思想在民间，更多地可能还在草根儿阶层。如今的文化精英多是舶来别人的东西装门面。对于一个没有根基的精英阶层的前沿思想红红觉得是应该质疑的。

红红满以为还有时间有机会向他解释自己的爽约，但第二天的讲座他没去听，下午的讨论也不见人影，第三天还是这样，红红就有些着急，向他们省一同来的人打听，才知道他被临时召回去了。红红有些失悔，就像没有结尾的作品，不知道自己还有没有机会当面道歉，毕竟这样才算真诚。

让红红始料未及又喜出望外的是，在研修班结束的前一天，他又出现在大家的视野里，跟他相熟的人看到他立刻围了过去，红红没敢动，远远地瞄着，她觉得此刻自己如果上前将无法开口，场合、时机都不对，但她始终用眼睛的余光看着他。红红感觉出了他的心不在焉，他明显在敷衍，有什么事情吗？红红心里暗自疑惑。朋友的目光兜过来，红红心颤了一下，她一下子明白了——他也在找自己！

红红有些恍惚，她不清楚自己内心怎么突然起了变化——不应该啊，萍水相逢，素昧平生，而且很快便天各一方了，这种感觉也未免来得太离奇太迅疾了吧？红红的脸开始发胀发烧，一会儿便目中无人了。

当所有人都走掉，当他向她走来时，红红一下子魇住了，她什么也看不见听不见，只有放大到震耳欲聋的心跳声。

红红，又没开机！燕山一步跨进来，红红和朋友同时打了个寒战，他们像被施了魔法般站定在几步之外。

燕山狐疑地看看红红，看看朋友，红红慌乱地介绍说：云南的沈谊沈先生，这是我同学——燕山，你现在的工作单位不保密吧？

哦，不，经济时讯。燕山的目光始终没离开沈谊。沈谊伸出手，燕山蜻蜓点水地握了一下，立刻抽回来：保密不要紧，工作须认真，走了我一个，还有后来人。

红红和沈谊扑哧乐了，红红嗔道：你这本事也就在这儿用用。

燕山收起痞气，认真地说：沈先生跟我们一道去吧？认识了就是朋友。

沈谊糊涂：干什么？

吃饭呗，这个点儿还能干什么？

不不不，我晚上还有事，你们去吧。要不——沈谊看着红红说：有机会再说吧，——调研报告写了吗？……或者论文？

红红犹豫了一下，迟疑着说：大致拉了个提纲，还不完备……

燕山不等红红说完，给了沈谊一个致意，拉上红红便走。就在调转身的一瞬间，红红又看到了那个相似的表情。她的心咚地敲了一下，燕山仿佛感觉到了似的敏感地问：怎么了？

红红脸刷地红了，断然否认：没什么，别总神经过敏！

你很危险！一上车，燕山就警告红红。

什么危险？

你从来没有用那种眼神看过我！

你都说的是什么呀？红红有种被扒光的感觉，这就是燕山，他从来不给别人的灵魂留下一点儿回缓的余地。

你很清楚，我说错了吗？别忘了，我爱你，所以我也很清楚！

曾经，是"曾经"爱过，已经"过"了。

燕山不再说话，他们就这么气哼哼地驶上外环线，直到风景越来越好，直到没入一片湖光山色中的别墅群，直到下车，他们也没再说话。

说到底，燕山还是了解红红的，这晚的就餐地点选在了一处清幽的郊外别墅群里临湖的韩餐馆，静谧、优雅、宜人。燕山订了个能看得见风景的房间，落地窗正好把外面的湖山都收进来。

宁宁和闹闹早到了，还有闹闹的结婚对象，之所以这样说，是因为如今很多男人并不把身边的女人视为终生伴侣,用他们的话说就是现在谁还想长长久久啊,想得太远容易受伤。

宁宁看燕山阴沉着脸进来,心里就开始打鼓,燕山头也不抬地说:你不用嘀咕,她恋爱了!

他这一句话,让所有人都呆掉了。

宁宁并没有因为燕山这句话而变得开朗,因为她知道,红红是燕山心里剜不掉的痛,人家只是恋爱了他就如丧考妣!宁宁知道自己这一生注定是要输给红红的,他们不见面还好,一见面宁宁就肝肠寸断。

想必那个叫玲玲的女子听过他们之间的故事,所以一点儿都不大惊小怪。看红红尴尬,就轻描淡写地说爱情就是气味相透,你们这么多年没纠缠出个结果,就说明你们之间味道不对。你也别不服气,你恋爱过了,红姐怎么也该爱一场吧?

红红的心事就这么被刻意放大之后暴露在大庭广众之下,在她自己都还不敢确定的时候,他们强化了她的这种感觉。但现在还不知道这是帮了她还是害了她。

席间他们都在有意说世道的纷乱,人心的险恶。红红知道,他们是太不放心自己了。燕山更知道,从没恋爱过的红红一旦投入感情便是毁灭性的,她不能受伤——燕山像看护自己的眼睛一样看护着红红的身心。

走的时候,宁宁善解人意地坐上闹闹的车。燕山有些醉了,但他醉得清醒,认真地开车,努力把稳方向盘,到了住地,燕山说了一句:如果不是玲玲那句话,我今晚就跟你同归于尽了!

红红的眼泪一下子涌出来,在爱情面前,谁不会受伤呢。

也是因为燕山这句话,红红再没有与沈谊联系。

这可能就是他们所有的过往吧。

在难捱的沉寂中,红红不断地诘问自己:你对他了解吗?了解多少?你确定你的感觉正确么?他是真的如你感觉的那样吗?所有这些她都找不到答案。

为了给自己一个交代,红红上网查了一下朋友的资料——直到现在,红红只承认他是朋友,她在内心里也只这样称呼他——然后把能看到的东西都集中读了一遍。如果朋友在文字中没有隐藏，那么红红就可以说了解他了，而这份了解对红红来说不是幸福，而是痛苦——他们太不一样了，一个是陷入世俗——不说呼风唤雨，也是抛头露面的风云人物，一个却是沉在象牙塔里只关心蓝天白云的"隐士"——如今的时髦词叫"宅女"；一个热情奔放，一个沉静如水。这还只是从文字中，那么还有背后的那些少为人知的东西呢？比方说与他紧密相连的身世、家庭，这些很"重要"很"关键"的东西，也就是燕山所担心的"危险"所在，红红不可能不顾忌，因为这些很容易构成世俗的道德困境。

准确地说，红红不敢爱，因为那样会对自己的感情不公平。对于红红这样的"剩女"——大龄未婚——而且没有恋爱过的人来说，封存已久的爱情不会轻易打开，触碰中的红红明白，投身这场战争，等待自己的也许是粉身碎骨——对，自己一直就是个逃兵！

缘分有时候真的是无法说清楚的，感情更是如此。

就在红红上网搜索沈谊的资料时，沈谊也"无意"中登录了红红的博客。这缘于红红挂在网络首页上的一篇文章，她的小说《情致》上了读书栏目的头条。

沈谊看过之后发来短信祝贺，紧跟在祝贺两字后边的就是批评：难以置信，这种东西竟然是你写的！

为什么难以置信？红红笔尖一动，迸出几个字回了过去。

写你熟悉的东西。手机吱吱一响，沈谊回了这样一句。

我做了夹生饭，大家还很爱吃，这就是现状——并非不痛苦。

我可以痛苦，你没必要。

红红盯着沈谊回复的这一行字陷入沉思，曾经有过的那种异样的感觉又泛上来——你也就是个说真话的朋友！红红对着手机屏幕一字一顿地警告自己。

怎么不说话了？伤着你了？

红红吓一跳，看到这几个字，她温暖地笑了，就像当初那样，这个男人有种孩子式的任性、孩子式的善良、孩子式的狡猾。

真不理我了？好吧，我道歉，当面。呵呵，我若突然出现在你面

前，你当如何？

红红调皮而甜蜜地笑着，若再不理他，他会不会真的空降到眼前？那就空降好了！——这种可能性太小，倒是他笃定会一路追问下去，把短信做成大文章——有这个趋势，现在的字数就在逐渐增长。红红回了四个字：不告诉你。

沈谊更简单：明白了。

明白什么？！红红冲手机做个鬼脸，随之脸胀得通红——她突然想到自己刚刚意识里的那份冲动，一种被猜破心事的甜蜜与羞涩涌上来，刹那间便溢满身心。

晚些时候，沈谊便告诉红红自己正在整理东西，明天飞浙江，去天目山休假。

红红的心像突然被泼了瓢凉水似的迅速冷却下来，他的突然外出让她有种风筝断线什么都抓不住的慌乱。她不知道自己在担心什么，你既不是人家什么人，又没有朝夕相处的莫逆，可——红红内心总觉得他在原地就有种归属感、踏实感，好像自己天生对这个男人具有某种权力似的——不会吧？什么时候变成这样子了？这不是一种小妇人心态吗？呸呸呸呸呸！红红在心里狠命把自己腹诽了一番——你就不应该有这样的思想活动！

但红红无法克制住这种精神鸦片，她急匆匆找出旅游地图，找到天目山——就是这个地方！按说他与自己的直线距离更近了，为什么心里反而有种遥远的不安？

折腾了几天，红红终于痛下决心——下定决心之后，心跟着就安稳下来——她知道，是该面对自己这份疯长的感情的时候了，它蛰伏了那么久都没有寂灭，那么就给它一个机会，给自己心一个出口吧，即便危险，也可能是毁灭性的，该来或不该来的都已经来了，那就认真对待吧。

红红找出自己的小衣箱，随便塞了几件衣服，打车去了火车站。

乌鸦被狐狸赞美失掉到嘴的肉块之后，乌鸦的心里活动也可能是：终于有人赞美我的歌喉了！

红红之所以这么快地冲到火车站，是怕自己犹豫，患得患失，这么多年，红红光剩下理智了。

其实上车没多久，红红就开始反思了。她不知道见面能够说什么？说自己爱他吗？还是像以往那样隐忍着。面对从天而降的她，朋友又会什么表情什么思想……

管它呢！就做个了断吧，天目山不能成为爱情的见证，便是自己的伤心地了！

其实，红红也想过，两情若是久长时，又岂在朝朝暮暮，但现在她需要确认，只有两情相悦，才可能说得上暮暮朝朝。

下了火车乘汽车去天目山，询问乘车路线时出了点儿小挫折，对方问：去天目山的什么地方？红红脑袋一下子就大了，对呀，天目山大了，他在什么地方？——自然保护区吧？大家旅游度假都去的地方——红红犹豫着。

具体地点？

红红傻了半分钟，掏出手机给朋友发短信，但沈谊迟迟没回，红红问：就没有直接去"天目山"这三个字的车吗？

工作人员乐了，给她递出一张票：临目。——有"目"。

红红愣了：看来注定要大海捞针了！

坐上车，红红就睡着了。经过一夜一天的跋涉，身体已经疲乏到了极点。她睡得很沉，车到临目才迷迷糊糊醒来。下了车仍没方向感，掏出手机打电话，却看到屏幕上一条短信一个未接电话，电话是沈谊，回拨过去，关机了。查看短信，也是沈谊：下午回去，现在杭州。天目山风光很好，建议有时间过来看看——看完短信红红慢慢蹲下，把头埋在膝盖上：一切都结束了！

天已经完全黑下来，站在空旷无人的临目汽车停靠站，红红仿佛被遗弃的孩子，既找不到家，也找不到自己了。

第六辑

遥望彼岸

遥望彼岸

  在朝那个叫樱桃沟的地方走去的时候，天上的云彩始终在跟我们捣乱。在有树或山阴处，它就跑过来遮住头顶的天空，一俟走到阳坡空旷处，它也仿佛惧怕阳光似的逃得无影无踪。这样我的后脖颈就时不时呈现一种灼痛，仿佛那是一块充军的标记。当太阳一再烙烫我的后脖颈时，我颦着眼睛抬了抬头，面前一片金光闪烁。我迅疾抓住冰帽转了一百八十度，跟在身后的米奇喉咙里咕噜出一声怪笑，我双肩一颤转过身，从他被太阳烤焦的脸上看不出丝毫笑意，他站在一米开外的地方愣愣地盯着我，我猜不透他为何发笑，就把冰帽又旋转了一百八十度，这次他没再笑，但我感到了寒冷。

  一辆黑色公爵王和一辆白色大别克绝尘而去，我拍打着身上的尘土，米奇龇着牙笑出一脸狡诈，我明白，名利虽然是身外之物，却是精神上的负担。在什么都有了之后，我们却缺失了信仰，所以这神那仙就应运而生，为人们消业降福。在听说有这么个地方出了这么件新鲜事时，我笑了。旅游景点的怪招越来越多，建坛起庙早已司空见惯，还没听说哪一个把虎神蛇仙请上供台的。我们又不是原始初民，早已过了精灵意识、多神崇拜的时代。我的表情一定非常不屑，米奇的朋友虔敬地给我讲了蛇仙发现的经过，并把某省长、某市委书记、中央某部委领导、什么知名的企业家、文人统统列举出来，说他们都不辞辛苦千山万水赶过来，你去看看就知道了，进山的道路都修好了。

愚昧，我小声嘀咕了一句。

你说什么？

啊，我是说因为他们有所求，这不是敬仙而是求仙。嗨，我这不是说废话么，中国人功力心重，自古以来只说求神拜佛，平时想不起来，遇到问题了才想起让佛或仙替自己消灾解难。

你不信就算了，千万别瞎说，它可灵验了！

我瞅着米奇笑了一下：瞧，我们活得多么无根……

你就不会有所求一次吗？米奇看到朋友变了脸，就对我眨着眼说你没看见怎么能乱下断语？毛泽东同志早就告诫我们，要知道李子的滋味就要亲口尝一尝。事实胜于雄辩，今天我就带你去看看，让事实跟你说话。

我知道他在想什么，但我还是同意了。反正不能窝在宾馆里，知识解决不了的问题，我的三言两语也不会有任何作用。人们要趋利避害，又找不到正确的途径，只好把希望寄托在自造的虚幻的"仙"身上。即使造仙，也应该找个美丽的载体吧？蛇在西方是罪恶、淫邪的象征，是被厌弃、诅咒的对象；到中国就不同了，因为我们是龙的传人，蛇也就被我们的祖先爱乌及屋地奉成了仙。中国人就是怪，自己有脑子不用，反倒去求那些没思想、不会说话的动植物，一条蛇、一棵树、一株病玉米都能左右人的命运。都什么年代了，还停留在万物混灵阶段，物质丰富了，精神萎缩了。

促使我走上"拜仙"之路的真正原因其实并不是要证明它能带给我什么，而是我不愿面对米奇那些太过热心的朋友。我这样说并不是怀疑什么，但我总感觉他们热情的底色上皴染着别的东西，这东西形成一种标志或暗示，把我们的关系衬托得挺微妙。我担心人们把我们的关系复杂化，所以一定要像个旅游者的样子，把每天的行程安排得满满的。逃出人们的视线是我一生的追求，然而今天在摆脱了一种缠绕之后，另一种恐惧又不知不觉向我袭来。

一踏上那条小路，我就有一种寻找预言的感觉，随着不断前行的双脚，对那个预言的期望与恐惧也越来越强烈。我在心里努力抵触着这种意识的上升，我告诫自己是无神论者，一切怪力乱神都是骗人的把戏。但意识这东西却不同寻常，你越是要控制它，就越要思考，越是思考，就缠绕得越深。它起初像一个雨滴落下来，在心里漫漫洇大，像拌马索一样越挣越紧。这样下去，等走到那里，我也就跟那些人没什么两样了。恍惚间，我感觉自己的灵魂轻飘飘摇摆着要离我而去，不！我踉跄了一下站住了。

这条路对吗？我望了望天，又望了望山脊的辙印。

你想要什么样的选择？米奇的声音在身后一米远的地方传来。

有什么歧义吗？我们不是无目的而行。我的目光在连绵的山体间爬行，不知名的花草逶迤着远去，米奇的脸不现形色。

你为什么总坠在我身后？在山山相叠的岭巅，我突然转回头盯着米奇诘问。

米奇厚厚的嘴唇动了动，没出声。

一路上，太阳、云和他都在不断地折磨着我。残雪的一句话使我终生不愿走在别人后边。她在一篇小说中描写一个人上山时头上总顶着另一个人的屁股。这句话深深根植于我意识深处使我无论是上山还是走上坡路时都条件反射地看看我的头顶上是不是有别人的屁股。我不是走在最前面，就是远远落在人后，直到我的感觉里没有了别人屁股的重压和遮蔽。

这一次我前边没有别人的屁股，感觉并不好。隐约总有两只眼睛在身后X光一样切割着我的心脏，以至我的思想都无处躲藏。在这连绵不绝的大山中，我不知如何伸展自己的四肢，更不知自己是否应撞碎在哪一块青石上。我觑着眼睛去看米奇，想把某种东西从他心底挖出来。米奇无辜地笑着，直笑得我毛骨悚然。

我们并排走好吗？

米奇扭头看了看山路。

不然你就离我近点儿，我恳切地看着他。身后一米的距离正是审视一个人的最佳角度。

为什么？

我——怕掉下去。我探身望了望身边的绝壁，两脚仿佛抓不住地面似的有种悬空感。

你不怕别人说我们纯洁了？

不！可是——危险总是真实地存在着。

米奇又神经质地伸长脖子短促地笑了一声，我背过身眯起眼睛问：你说人们能不能改变一下感受生活的方式呢？

很难。

可不可以把它变得可能呢？

米奇歪着头斩钉截铁地说：不能！

我恶狠狠地横了他一眼夺路而逃，如果前面不是我们此行的目标，我就不再犹豫，不遗余力地朝前走；如果前面真是那个目标，我就采用另一种方式前行。其实，目标并不重要，重要的是逃离。

我可以问一个问题吗？

米奇的声音仍在一米之外，我转回身，把帽子拽过一百八十度。

你信仰什么？

真诚——自然理性。

哈！突然炸起一声短笑，我惊惧地捂住耳朵。米奇的眼睛眯成一条缝，他把他的怀疑凝成一束箭直射向我。

通往真诚的路是多种多样的，我为什么就不能迂回一些呢？

米奇仰了仰头，我觉得自己的身子忽地胀大又忽地缩小，米奇伸过手来托住我的下颌：看着我！

干什么？我觑着眼睛扫了他一眼扭过脸。

米奇又那么短促地笑了一声。山势越来越陡，窄窄的车辙也隐去了，只剩下雨后疯长的荒草。

你爱我么？

你也这么俗气——米奇的脸色黯淡下来，我的心一沉，我知道在他面前我不能说谎，可是……我——不……知道……

哈！

天呐，请你别再折磨我了！眼泪不受控制地冲出来，我慌忙低下头,看着脚下这一方并不属于我的土地,什么才是真实的呢?我不能……

又是一声恍如鸱枭的惨笑。

米奇,求你,别这样,别总幽灵似的跟着我,也不要试图去剥蚀什么,我需要它……我不敢再说下去了,米奇的眼睛直直地盯着我,在他面前,我不由自主地总想遮蔽自己,而这种遮蔽又总是破绽百出。

米奇,既然我们改变不了什么,就要顾忌……

米奇的脸上掠过一片云影,厚厚的嘴唇抖动着,尖利的目光一下子就割开了我积垢日深的壳:你的灵魂呢?你的灵魂也会这样说吗?

我后退着摇摇头:不……灵魂是自己的,我连对自己也撒谎吗?如果说这世界上还有一样东西是真的,那就是自己的灵魂了。但现在我不敢如此说了,我愤怒地躲避着嵌在我心头的那一束光:米奇,我讨厌你的眼睛!

米奇胜利地眯起眼睛:那么爱我的是你的灵魂或语言的哪一部分呢?

我扭过身拒绝回答。

哈!

我用眼睛喊了他一声:米奇!

哈!

我又用眼睛喊了他一声。

他毫不在乎我的愤怒,顽劣的眼神儿一瞬不瞬地盯着我。我懂那意思,我没有家园,我的家园遍寻不见。我的生命、我的灵魂统统站在无人的风口,生命是无待的。我更紧地闭着双唇,一言不发地朝前冲去。

现在,我开始怀疑这次行动的意义,怀疑这是米奇的一个阴谋。当初为什么就没有坚持不来?我摸不透自己的心境,就像看不透脚下的雾,猜不透米奇的心一样。行动与思想的背离令我处境尴尬,我忽地扯开喉咙喊起来:我总在问个不休,你何时给我自由?可你却总是笑我,一无所有——我在心底忿忿地骂道:米奇,我恨你,你让我恐惧!

我转回头,想结束这荒唐透顶的行为,我不知道怎样才能趋近身体

的无痛苦和灵魂的无纷扰。你若想保持心灵价值的纯度不变，就必定被周围环境所纷扰，没有纷扰的心灵生活是不存在的，就像我们的一生不可能不经验身体的痛苦一样。假若没有彼岸世界的观照，我们将永远行走在黑暗的森林。但是，那个叫樱桃沟的地方所出现的被赋予了神性的"精灵"就是我们信仰的承载吗？

米奇依旧不动声色，我在他的不动声色中又转回头。心灵价值是一个很虚又很实的东西，他就用这种东西把我彻底打倒。

那两条游丝般的辙印越来越深，我把自己的双脚埋下去，再埋下去，阳光在我的头上凌乱着，凌乱着，我就这样醉倒在自己的舞蹈里……

刈　麦

晚饭吃得挺没滋味。

在人们的胃口越来越精致的今天，所有的食物都像《红楼梦》中刘姥姥在大观园中吃的烧茄子一样失去了它原有的味道。周哲不知道自己在嘴里都填了些什么，胃口像一个储存袋，陈旧得没有一点儿弹性了。他只知道自己在咀嚼，在吞咽，这日子怎么就变得这么没意思？！他在极力寻找一种感觉，过去的日子是很苦的，但很苦的日子过起来却非常香甜，有滋有味。他现在有点儿不明白了，到底什么才是幸福？

周哲的日子已经过得非常舒坦了，非常舒坦的日子就生出许多无奈。无奈的直接后果就是没意思，寡淡寡淡的没味道。这样的日子多了，他就觉得活着真是无聊，人在苦苦挣扎的时候是没有这些臭毛病的，你看那些整天破衣烂衫、露宿街头、朝不保夕的人，他们活得什么

意思?

他在记忆中搜寻幸福的感觉,几次跃上心头的都是劳累过后的轻松,饥饿时的狼吞虎咽,郁闷时的开怀一笑,痛苦中淋漓的眼泪……现在这人是怎么了,无所事事,却满身心休息不过来的疲惫?满桌珍馐美味,却毫无食欲?他绞尽脑汁想来想去,就觉得是人们生活得太自在了,太自在太优裕的生活反而让人觉得活得没意思了。捷克作家米兰·昆德拉曾经说过生命不能承受之轻,可是现在让我再到哪里去找那份沉重?!

周哲硬着头皮咽下难以下咽的美味佳肴,感觉应该是饱了,就踢开椅子站起来。妻子问他饱了,他也没吭声,蹚出房门径直下楼去。走出楼群,拐上郊外的土路,迎风招展的麦田送来阵阵清馨的麦香,一份轻松和惬意卷带着往夕的感情回溯在心头,他攥了攥拳头,一股力量在胸中激荡。

这一夜他在极度兴奋中度过,往夕的岁月在暗夜的幕布上大放异彩。人是应该有所追求的,不管在什么时候,那是促动你前进的力量。

第二天上班,周哲就把自己的想法跟单位的同事说了。大伙儿一听,都嘻嘻哈哈笑他:你别逗了,现在农民都不割麦子了,你这不是给人家添乱嘛!

周哲愣了:怎么会?我没想别的,就是想干活,天地良心!周哲真诚地举起右手。

没人说你想别的,只是你太娇情了。

周哲旺盛的心顿时萎顿下来:难道连这么个小小的愿望都不能实现么?

办公室的小高不忍看他失望,心动恻隐,就说我父母还有二亩半麦子,给你留半亩体验生活吧。

割麦子这天,周哲凌晨四点就把自己全副武装好了,跟在前来接他的小高身后向郊外急驰,像出笼的鸟一样,比外出旅游还兴奋。到了地里,小高父亲守着几把镰刀等在地头,见他们过来,脸上堆起笑。周哲打声招呼,扔了自行车,迫不及待地抄起镰刀,弯下腰刷刷刷地割起来。小高父亲跟小高嘀咕了两句走了,小高这才拿起镰刀跟在周哲屁股后头割起来。

这一刻周哲完全沉浸在镰刀与麦子的交流中，一种释放与承载的欢娱同时抵达心灵。他感觉舒展了，轻盈了。他就是要淋漓尽致地出一身透汗，让发锈的关节浸润在绿野清风中灵活起来。

小高跟在他后边不紧不慢地对付，一看就知道是在应景，周哲没注意到这些。起先他们还有一句没一句地说话，时间不长，说就变成了喊，再过一段时间，一前一后两个都倒在麦田里，话都懒得说了。

快近中午时分，小高父亲开着一辆农用三轮车引来一台联合收割机。轰轰隆隆前进声中铺展着的金黄的麦子被吞进去，再吐出来就是饱满的籽粒了。周哲看呆了，幼稚！小高父亲叉起他们割倒的麦个子扔进三轮车里送到麦场去了。小高拉他回家吃饭，周哲拗不过就一起去了。饭桌上，周哲很不自在，虽然小高一家什么都没说，但事情明摆着，本来机器一响就可以颗粒归仓的事，自己却硬把它肢解开来。农业实现机械化了，你却硬要退回刀耕火种的原始状态，逆潮流而走？面对主人的盛情和满桌丰盛的菜肴周哲更加难以下咽。小高一家不知周哲为什么不高兴，更加小心翼翼地照顾他，他们的周到使他越发愧疚，饭没吃完，他就坚决地告辞了。

这之后，他就觉得欠了小高很多。再见面，两个人都窘窘地不自在。割麦子那件事像块石头堵在他心里，怎么也搬不掉了。

残阳如血

退休教师张德伦坐在他家院子里的苹果树下，面前是一张小桌，桌上有本地出产的最廉价的烧酒和一碟花生米，嗅着从屋后排水沟里泛起的阵阵恶臭，活得心境就全无。排水沟已被雨后春笋般新建的房屋堵死，鸭鹅们就全然失去了它们的可爱，如同臭水沟一样越来越令人讨厌。张德伦厌恶地抽抽鼻子，捏一粒花生米扔进嘴里，霉了，苦得他咧了嘴"呸呸呸呸"吐个不停——啊呸，连你都欺负我！喝口凉水都塞牙的感觉涌上心头，他恶狠狠地吐出变质的花生米，灌一口烧酒，仰天长叹：唉——，完了，总算完成任务了。

今天是小女儿的喜期，女儿带着她的幸福她的欢乐满脸喜气地走了。人们忙碌的身影和贺喜声对他不再有什么意义。女儿的笑靥和她的布娃娃相映成趣，让他怎么看怎么都是一张写满讨债的脸。他独自嘿嘿嘿嘿地笑了，笑得苦涩，笑得莫名其妙。笑过之后，粗糙的大手将瓶子举过头顶，阳光照耀下，酒液变得澄澈无比。稍一晃动，立刻有环佩之声，仿佛女儿银铃般的笑萦绕于耳。须臾，他又看到了女儿鲜红的裙裾，裙裾下是儿子一双失神的大眼。他猛地一惊，酒瓶掉在地上，碎了，那清脆尖利的声音犹如儿媳斩钉截铁的一掌：养不教，父之过。再望下去，那破碎的玻璃慢慢收敛，聚拢成两条平行线，清清楚楚地写着：活着恒等于死亡。他收回散漫的目光，抹一把皱纹里的沧桑，学着女儿的腔调哼起来：其实你不懂我的心，其实你们都不懂我的心……很快就泪眼朦胧了。

儿子风卷残云般扫荡了他的一切，女儿又卷走了他刚刚支撑起的半壁江山。或许我上一世欠下了一儿一女还不清的债，要今生耗尽生命来偿还。他摇摇头，这讲不通，他不宿命，更何况他一生教书育人，命运怎会如此不公？

唉——张德伦捡起一块玻璃碎片赶走了前来骚扰的灰黑色母鹅，那母鹅就别着脖子耿耿而去。他一惊，那母鹅的神情有一种全然不屑一顾的凛然，恰似李群仗义施舍的目光。他的心抖了抖，记得李群上学时一直为自己所不喜欢，而今却在自己最困难时拉了自己一把，让自己白白占着一个高层主管名额拿一份最优厚的薪金，自己何曾为李群做过哪怕一点儿有益的事？在这以前，他一直耻于承认李群是他的学生。唉——心里失去平衡的他常常坐立不安，他想自己今生今世是不会再站在李群

面前说教什么了，甚至他不敢与李群四目相对，李群对他越是亲热，他就越是窘迫不安。他想他是不能再接受他这番"好意"了，在他向李群提出辞职时，李群吃惊地瞪着他："张老师，您别这样，我明白您的心，张老师……"李群看他坚决地摇着头就不再说什么，张德伦欲言又止，他们就那么尴尬地站了足有五分钟，李群才艰难地打破沉默："好吧，我也不劝您留下了，不过，您……一定要相信我，我……"他把"帮助"之类意义的词句都咽了下去，他明白他的老师是怕毫无理由地接受什么，他只以他真诚的目光望定张德伦远去的身影。

此刻，他又看到李群那双诚挚无比的眼睛，他再次被深深刺痛了。不知是对学生李群的愧疚还是对酒店总经理李群的愧疚。他晃晃脑袋，摇晃着站起身，拨开嘎嘎乱叫的鸭鹅，蹒跚着走出家门。

大街上熙熙攘攘的人群中不再有他熟识的眼睛，所有的女孩儿都披着一身晚霞亮丽地走入生活。残阳如血，这是谁的句子？前面正在进行旧城区改造，吊车铲车推土机轰轰隆隆响成一片。尘土飞扬中，那一面面倒下去的墙仿佛坍塌的长城，那力量却来自儿子颤抖的手指，三万、五万、七万、十万……他一生都没见过那么多钱，他一生的希冀长城般顷刻灰飞烟灭，灰飞烟灭！他紧紧捂住双颊，那火辣辣热灼灼的感觉依旧。他扑通跪了下去，任凭人们慌乱一片。这时他身后的墙坍塌了，就像倒塌的长城一样盖住了他。

与此同时，女儿娇羞地饮了交杯酒。

第七辑

运 河 南 去

老　　娘

　　老娘不识字,但老娘活儿好。小时候穿在身上的衣服脚上的鞋特别为人夸道。老娘一针一丝做得仔细,也慢,俗话说慢工出细活儿。

　　但农村人也只是在家闲了时讲究一下,如果是农忙时节,母亲挑灯夜线地做活儿,就经常为亲邻们诟病:小孩子家家的,要什么好?稀针大线地缝上,不破不露着就行了。母亲常常是笑笑回答:习惯了,想快也快不起来。小时候穿一件新衣服不容易,所以就希望母亲把它做得既结实又漂亮,因而对于别人的说道,也很不以为然。当然,心底下是希望母亲做得又快又好的。即使是旧衣服改的,也不愿母亲像别人说的那样敷衍了事。

　　母亲除了做我们姊妹几个的活计之外,还时不时地给亲戚朋友村邻出阁的姑娘做嫁妆,特别是做鞋。物质相对贫乏的年代,女孩儿出阁没有什么好装扮,一双好看的鞋,一件有腰身剪裁得体做工精细的衣服就是最撑门面的物件了。母亲经常给她们做鞋,特别是纳鞋底子,母亲纳出来的麦粒花样密实又好看,当家的一个姐姐三天打渔两天晒网地学了半年都没学好,后来索性不学了。等她出嫁时还是母亲纳来给她穿的,不过她一直舍不得穿,只有在特别隆重的场合才穿出来显摆一下。

　　彼时母亲相当辛苦,我们小孩子能够看到和体会到的就是母亲粗糙的大手,那手上是长年裂着口子的,冬天是冻裂的,其他三季则是刀刺刺扎绳子勒的,纳底子时稍不注意拽得劲儿大了就会被绳子勒出个口

子，母亲手上的顶针儿从来没摘下来过，就是现在依然如此。接她来过冬，吃饭时，发现她手上依然戴着顶针儿，我就玩笑了一句：咱这大戒指是不是长到肉里拿不下来了？话没说完，鼻子酸了。

母亲干了一辈子，让她彻底闲下来，还真无所适从。只来了两天，就明显感觉她呆了许多。想着母亲从不爱串门儿，经常走动的乡邻也就周边有数的几个。城里人不讲究串门儿，也不喜欢被打搅，今冬又冷得邪乎，天天出去逛街也不现实。于是就想了一个办法，让母亲既不寂寞，又消磨了时光。这还是受我们领导家老人的启发。我把先前订给自己用的素描本拿出来，找来初级绘画教科书和身边的画家们赠送的画册，让母亲比着书学画画。母亲虽不识字，但有从小绣花做女红的底子，比着葫芦画瓢还是不成问题的。记得我刚刚开始学纳割绒的时候，鞋面上的花都是母亲亲手画上去的。那个时候也有花样子，但极少，有的人家也不愿意出借，恐弄坏了。母亲都是心里出，画朵棉花花儿，或者棉桃儿、芝麻花儿、喇叭花儿、谷妞妞……反正地里有的，常年生长着，随时能看到的，她就能画出来。不拘具象与否，绣在鞋上，好看结实为原则。

母亲攥了铅笔画画（只能说是攥，因为母亲自始至终没有学会怎么拿笔，我也不去刻意纠正，她怎么舒服怎么拿就是了），一笔一画煞是认真。对比我2011年秋冬之际跟着画家们安徽写生，自觉没有母亲那份认真与笃诚。

可能老娘就是有从小绣花画花样子的功底，临摹出来的图案不说十分相像，也达到七八分了。即使我在画家们的指导下，也没有老娘画得自然。老娘总说自己画得不像，我时不时地凑过去表扬一番，老娘孩子般高兴。偶尔老娘总是画不满意着急的时候，我就帮忙动手画两笔，每每老娘都说画得好——这个好看，这个对了。

妹妹过来看老娘，看到老娘学画画，也拿了纸笔跟着画。妹妹会机绣，但凡会绣花的人——特别是在我们村花厂出来的，多多少少都会画一些简单的花样子。妹妹可能会得更多一些，比方孔雀、龙、凤凰、老虎等等鸟兽什么都能画出来。但妹妹的画装饰性比较强，属于民间工艺性质的。老娘根据绘画教程和画册画出来的，生活气息就浓一些。由此妹妹就觉得老娘画得东西更真实，更像那么回事。

妹妹可能是一刻都离不开缝纫机的，她在卧室里看到我去年一春一夏一秋做活儿剩下的布料，就拿出来拼东西，先是给小外甥女拼了件秋衣，然后又用较大的一块裁了条裤子。看她如此拼凑，我就跑到一中前街又买回来一些，让她随意做，这样一来有活儿干，二来可以跟母亲一道消磨时间。挑来的布头里有一块粗绒的，看尺寸，只够给母亲做坎肩的。挑选时就很遗憾，如果再有一块，就可以出袖子了。母亲三比量两比量，就说能出来袖子，不过得在裉那儿拼接一下。

按照母亲的方法，真就拼接出两只袖子来，本来一个坎肩的料子做成了一件上衣，厚墩墩地，挺笃实，有些中式的效果。妹妹说缀盘扣好看，就着咱娘在这儿，咱们都学会了。于是，我们就开始跟母亲学起了盘扣。

我以前是会盘扣的，当然也是老娘教的，但几十年不用，早已忘掉了。这次趁老娘在，又重新让老娘教了一回。妹妹边学边总结，告诉我是八个花瓣儿，老娘说就是一个花篮儿的形状，没有什么特别的。

从网上看到有人用旧秋衣裤编坐垫儿，母亲看了欢喜，就给母亲找出做衣服剩下的边角料，母亲马上剪整齐了编起来，编得匀实又仔细。我插空也跟着编，不拘好坏，编得又松又快。母亲就说你做活儿就是快，快一倍都不止。母亲好像总在检讨自己，我开玩笑说城里时间金贵，不快没饭吃。然后告诉她这不是什么好东西，不过废物利用，好坏都没关系。但母亲严谨惯了，再怎么不仔细，对于我们的粗枝大叶来说，已经是仔细得很了。

老娘没有什么业余爱好，最心仪的娱乐也就是看戏——古装戏，京剧、评剧、河北梆子什么的，凡是穿戏服有唱腔的她都喜欢看。我怀疑多数时候老娘听不懂，也不过是看个热闹，尤其是唱腔，咿咿呀呀的，过个瘾乐呵乐呵而已。那天电视上播黄梅戏《六尺巷》，问老娘看么？老娘说看。我就进屋开电脑写东西了，老娘有些耳背，声音就给她开得挺大，也不好关门，所以虽然在最里边的屋子，但还是左一耳朵右一

耳朵听了个大概。回头问老娘，老娘说不知道说得什么，反正最后大家都高兴了，团圆了，这就好。我笑着给老娘解释《六尺巷》的来历及寓意，老娘经常说说书唱戏晓喻人，总归是要从中悟出一些道理的。老娘听了很感慨，说识文断字就是好，什么都不闷的慌。

为了让老娘在城里的日子不至于太过沉闷，我们就想法在吃食上创新——变换花样。之前我是很少做面食的，因为面发不好，面食只是烙饼包饺子等等简单的。其实现在发面很容易，发酵粉一拌，和好面放几十分钟就成。但我总觉得发酵粉做出来的面食不好吃。老娘来后传授经验，试着做了两次，第一次没成功，第二次发大发了，第三次恰恰好。早先买过几个做面花的模子，一直束之高阁，只有年节才拿出来用一下。发面关过了之后，我们就开始用模子给母亲做面花。其实做面花是一种心情，快乐全在过程中。老娘看着一扣一个漂亮的面花，高兴地孩子似的不迭声地说着好看，鱼好看，喜字好看，蝴蝶好看，石榴好看，花篮好看，牡丹好看。每扣出一个来，老娘都喜滋滋地称赞一声。妹妹相中了模子，说要一个，老娘也说要一个，四个模子，有两个花在一块模板上的，她们各选了一个，高兴地像得了宝贝似的。过去农村这东西并不金贵，家家有的，但现在罕见了。一是人们生活富裕了，二是粗糙了。我小时候家里还有三足鼎似的冷糕锅，老娘说现在早没了，一个借来借去不知道传到谁家了，另一个坏了卖了废铁。

母亲是个特别安静的人（这点儿可能我随了她），她坐在客厅里忙活活计，半天听不到动静，时间长了心恍惚一下子跑出去，母亲小孩子做功课般不是在认真地画，就是在认真地做，一丝不苟，悄无声息。

运河南去

在我的意识里，运河水一直是由南而来，向北而去的。前几年才确切地知道，南运河水反其道而行之——由北向南流。

沧州市区南边的运河是我比较熟悉的，有两个原因，一是自从来到沧州后很长时间都在河西住，二是春天踏青也都往南走。再加上后来（1993年）我们被派到上河崖村搞社教，从我住的解放桥西运河边统建楼沿着河堤一直朝南走下去就能到达上河崖，两年时间来来往往，熟悉了那片河道，那条堤岸。

上河崖也在运河边上，与著名的回民乡镇——捷地隔运河相望。那个时候，上河崖与捷地之间还没有桥。要过河赶集，我们都是从上河崖这边的大堤冲下去，然后再着惯性冲上捷地那边的大堤（这当然是在冬春季节，其他两季是有水的）。集市就在河堤连接的一段街道上，卖什么的都有。

在城市里生活惯了，再到农村生活，就有了距离感。那时最突出的感觉是农村的夜特别黑，黑得伸手不见五指。所以，集市是下乡生活中比较有亮点也比较有吸引力的地方。每到那个日子，我们就约好了结伴儿而去。不知道买什么——其实也没什么可买的，除了菜，感觉农村集市上所有的东西都慊了吧叽的。集市是一个交易的场所，也是一个情感交流、展示自我生活状态的场所。所以很多人像我们一样，没有什么具体的购买目标，闲散地转一转，看看货品，跟相熟的亲邻打打招呼，问问近况，然后带着一脸满足或一份羡慕回家继续自己的日子。

下乡生活没有什么可记忆的东西，印象深刻的还是运河。运河在那段日子给我们的感觉仿佛是我们的一个伴儿，它就在你身边，甚至枕边。静寂的夜晚听着运河堤岸风吹老柳的声音入眠，犹如天籁，纯净到极致。雨季一河清水柔润而缥缈，树间的喜鹊，柳枝上的知了，还有

水中的芦苇与青蛙。那一片河堤无论是弧度，还是堤岸都有着平阔以及久远了的记忆里的韵致。每到春天，夹岸桃花盛开着，河缓坡被小草铺满，绿崭崭的，绒毯一样，或躺或坐，面对一湾波光粼粼的春水，随你浪漫，随你发呆。枕河人家的日子有滋有味有风景，那时节，我不可遏制地爱上了那种生活，那种状态。

夏季晌午，艳阳炙烤着村庄，燠热难耐。拎个小板凳往河堤上一坐，微风从水面吹来，潮润润的，把积攒了大半天的烦躁拂去，整个人立刻清爽下来。在知了的聒噪声中，心无旁骛地捧着书读下去，直读到日影西斜，彩霞满天。

之后很多年，我们每年都要到那片河堤上去春游。这一道河湾，见证了孩子们童年少有的快乐，也分享了我们难得的轻松与浪漫。

但今天运河不止没了水，而且水黑如墨，臭气熏天。梁官屯、曹庄子、上河崖，一路走来，越走越沉重，越走越压抑。

运河往南这道弯，弯出了大半个圆。我们从307国道上的运河桥沿运河西岸向南，过梁官屯、上河崖、刘庞庄一路七拐八弯，弯来弯去，结果就弯到了肖庄子。

肖庄子暮春时节我们才去过，那里有一片香椿地——大树小苗密布了一大片河滩。新绿的香椿叶子是时鲜的小菜，我们在采挖蒲公英、荠菜之后，又觊觎它的美味。在那片凹下去十几米深的河滩里，我们像玩儿上了瘾的捉迷藏的孩子，隐在树丛芳草间，嗅着大自然的清香，一霎时便忘了身在何处，岁月几何。

春天我们是沿着城市公路走的，越过高铁高架桥，穿高速公路高架桥而西，就是肖庄子地界了。如今又看到那高古的河堤，隔着季节刚刚逝去不远的情境就又在眼前了。

只有到了这里，河道才开始显现出原始的美，最美的还要数河滩地上的树木——当然，柳植河边应该是最美的，可杨树也不错。虽然没有了与水相呼应的那份柔软，但挺拔的白杨让河岸陡增了挺拔与雄阔。再配上接近中秋时节青绿泛黄的杂草，舒缓的河道，柔软的芦苇，依然旺盛地绽放着的传说中的曼陀罗花，感觉里浑然一体的舒泰，那种美是你

能感觉到却无以言表的。

收获的季节，满眼喜性。河滩地土质肥沃，人们充分利用着运河带来的福祉，靠近堤顶的地方遍植果木——枣、梨、苹果、山楂、核桃，最喜的还是葡萄园，一串串二茬葡萄饱满地玛瑙一样，挂满枝头的金丝小枣彤红一片。滩地里蔬菜庄稼种出了层次，姨绿的茴香挂着清晨的露珠，远远望去，在朝阳中流光溢彩。各种豆子鼓胀着豆荚，假以时日，就会在艳阳中爆裂……辛勤的农人，守着一湾河水，穿梭于土地间，亘古不变。我突然意识到，运河是活的。它活在沿河人家的生活中，伴着他们，日日月月年年。

咱 的 河

不敢掠美，这话版权不属于我，属于一位祖祖辈辈生活在运河边的老人。

沧州没山，水也不多，但我们有河，有这条古老而文化的大运河。我们爱这条河，那种感情不是一天两天培养起来的，而是一千多年积淀下来的，它无须表达，也无法准确地表达，用东花园村罗老汉的话说就是：咱的河。

虽然我们就生活在运河边，但一直没有完整地走过运河。只是每年春夏秋甚或冬季为了打发某段闲散的时光，偶尔到运河堤岸走一走。所以，这样东一段，西一段，南一段，北一段地走，就走得支离破碎，留存在记忆里的印象也零落。因而认真地全程地走一走运河是我们几年来一直抱有的愿望，这个愿望在2011年9月得以实现。

这次我们采取了最简便也最贴近运河的方式——骑自行车走运河河

堤。之所以选择骑自行车，是不想走马观花以看风景的心态来对待这件事，而是真正走到民间，细致地梳理一下运河在我们历史中的作用以及对我们过往生活的影响，收集到最笃实的东西。

9月7号对于我们这些即将踏上行程的人来说无疑是一个好天气，天阴沉，微风吹在身上还有些凉意，毕竟初秋了。河两岸的庄稼不能再用茂盛来形容，而是沉甸甸的厚重。小枣在碧绿的枝头耀眼地红着，喇叭花缠绕着枝干旋上去，旋成一座花果山。

从北环桥沿东堤一路北行，河道里的垃圾让我们头疼，这是在市郊段随处可见的。走到北堡子时，看到一个挖坑积肥的老人，我们停下来，询问他记忆里的运河和运河对他生活的影响。

这是个不大健谈但睿智的老人，他看到我们掏出本子来记，就说你们是报社的吧？能不能反映一下？那帮搞拆迁的小子们竟然在大堤上取土去卖！这不是小事，一旦水来了……老人回忆过去，水大到几乎漫过堤坝，水里的鱼扑棱棱乱跳。守着运河的人们个顶个儿会凫水，人们对运河对运河水有着天然的亲切，没有人动大堤一锹土，运河和运河大堤在他们心里是神圣不可侵犯的。从他不多的言谈中，我们品得出，他对运河的感情既敬畏又爱戴。

挖堤和侵占河道的确是个严峻的问题，但这问题存在也不是一天两天了。我所居住的地方，靠西北一段运河已经被侵蚀到河道中央了。你垫我垫大家垫，人们比着来，谁都有恃无恐，俗话说法不责众，反正追究起来不止我一个。如果没人追究，就会是一笔不小的财富——垫起来盖房子，开饭店，或者干脆出租。一个经济至上的时代，就不可避免地会衍生出很多不和谐的东西。房地产过热造就了一些富翁，小家小户的也想尽一切办法让自己的房产增值或者增加面积——房地产商在打土地的主意，老百姓就打拆迁的主意。其实在每个人心里，都知道堵塞河道将会造成什么严重的后果，但由于近些年一直是旱旱旱，旱得所有人都放松了警惕。

我们记下了老人的嘱托，继续前行。果不其然，不远处正有一群人在用挖掘机取土。面对这些，我们只能做个记录，用相机拍了下来。然

后在对方虎视眈眈的阵势下,落荒而逃。

过北陈屯节制闸,到东花园村时,看到一个老汉正坐在堤台上休息,旁边是一排挂满果实的枣树,靠近堤下一些的是一种叫做黄秋葵的植物,叶子大大的,绿绿的羊角状果实,看着那么新奇。我们打过招呼,坐下来跟老人家攀谈,老人姓罗,知道不少运河过往。对于河,他有自己独到的见解和深入骨髓的情感。老人说过去年代有巡堤的,巡堤人骑着高头大马绕着运河跑,哪儿出现问题都能及时发现。前些年也管得比较严,那时候雨水大,运河的作用不可小视,所以人们也经心。现存水少了,河道每年多数时候都干着,人们眼里心底就淡漠了……说到最后老人也告诉我们,过去不远,有人在单堤上取土。罗老汉甚是气愤,也很无奈:怎么能在单堤上取土呢?堤已经这么薄了,他们还敢取土,而且还在堤上挖出了一个豁口。如果来水,不淹才没道理呢!

果然,告别老人没走多远,就看到了挖掘机卡车紧张"作业",而且为了取土方便,东堤挖出了一个巨大的缺口,而且已经被挖得几乎与地面持平了。我们的心不由自主地紧张起来,如果真有那么一场大水,这左近千亩良田还有几个村庄……真的不可想象。

我们标记下此方位:这地方在东花园与仁和村之间,靠近仁和村一段。

过仁和村,前边就是高官屯,仁和村与高官屯之间是南运河沧州区域内最漂亮的一段。远远地,我们就被吸引了。早上九点,半阴的阳光斜斜地照下来,波光粼粼。水岸的青草芦苇还有众多不知名的小花小草在微风中起起伏伏,苇穗这时节紫红如雾,沉甸甸地,俯仰间柔软了腰枝,颇有韵致。河对岸的庄稼展示着各自不同的色块,油画般抢眼。稍低一些的滩地里,一片速生杨高高地挺立着,仿佛守护运河的卫士,巩固着其后的堤防。

我们扔下自行车跑下去,这真是一片绝好的水域,它的美带着原始的清丽。这么多年来,我们看到的一直是黑乎乎不知已经被污染了几重的运河水,而这里的水清可见底,灌满半个河道。有泉眼,汩汩补充着,所以这段的水就显得特别丰沛,而且经年不减。这样的水势,这样的景致，就像儿时，那一湾河水，那一种风貌。

再次骑车上路，不期然有了童年的感觉，仿佛穿越时空，一下子回到从前。那堤，那路，还有路边的野蒺藜、蔓子草、灯笼棵、红蓼、美人蕉、生地、牛蒡、大片大片的狗尾巴草，还有爬满堤坡的南瓜藤，结结实实坠着硕大黑亮的南瓜。这一切都在记忆里沉睡了太久，如今它们不期而至在我们眼前鲜活起来，一点一点拽着我们，向记忆深处滑去。

高官屯到于官屯一段正在修路——堤路。走起来就特别困难，要不时推车步行。好在不太长，过了于官屯，我们计划中的目的地——兴济镇就到了。

从兴济到天津静海，还有一段不短的路程。兴济镇上的人告诉我们，过了兴济，再往北，就不能沿着运河堤走了，那里没路。我们笑诺，即便有路，也不是我们今天的行程了。

中午在兴济镇一家老时菜馆里用过午餐之后，我们就往回返了。

返程的路走得有些曲折。队伍中的老同志累了，建议走公路，这样直线距离至少可节省一半路程。结果从路牌206开始，走到213就感觉吃力了——不是因为累，而是因为骑在公路上，硬硬的路面没有一点儿起伏，反而让人感觉僵直生硬。路上的汽车呼啸而过，头顶的飞机呼啸而过，吵闹得心烦意乱，累就在烦乱中产生了。于是，我们在接近213时重新拐上了乡间公路，拐到河堤上，继续在起起伏伏颠簸中滋润地看风景。

运河，就在这种看似不经意的细节中柔软地嵌入我们的意识，成为生活中不可缺少的一部分。我们爱它的美与柔润，也揪心着它的被无度破坏与污染。从这个意义上说，运河早就是咱心中的河了。